그대 이름 언저리
노을이 물들 때

김상훈 제2시집

시음사
시사랑음악사랑

QR코드 스마트폰으로 QR 코드를 스캔하면
시낭송을 감상할 수 있습니다 본문
시낭송
감상하기

 제목 : 그 누구의 잎새가 되든
시낭송 : 조서연

 제목 : 배롱 립스틱
시낭송 : 김지원

 제목 : 가벼운 임종 눈꽃
시낭송 : 박영애

 제목 : 눈물의 토카타
시낭송 : 박순애

 제목 : 시간의 점토
시낭송 : 최명자

 제목 : 연화리에서
시낭송 : 박영애

 제목 : 어느 늙은 시인의 노래
시낭송 : 박태임

시인은 자연을 이야기하고 시낭송가는 자연을 품었다
글자는 날개를 달아 언어로 날고 소리는 자연에 눕는다

시인의 말

나무 밑에는 이별이 쌓인다

그늘지고 햇살 내리는 길 어디에서든
바람에 흔들리고 비에 젖는다

무리 지어 흔들리고 젖는 것 같아도
실은 각자 홀로 흔들리고 젖는 것이니
디딘 땅 형질이 어떻든
들꽃처럼 그냥 순수로 피었다 지기를

비석 밑에는 전생이 쌓인다

인연 사이로 망원경을 집어넣으면
카르마의 깃털이 폭설처럼 쏟아진다

세상에서 가장 위대한 로고스는
자연의 이치에서 깨닫고 얻는 것이니
화려한 가죽이나 이름보다는
차라리 세상의 그리움으로 남기를

다만 너절하고 남루하게 죽지는 말 것

시인 **김상훈**

1부 / 무한하고 유장하였다

2부 / 튼튼한 줄이 있었다

3부 / 제법 걸었다

4부 / 어렴풋이 알았다

1부 /

.... 무한하고 유장하였다

모든 인칭과 전지적 시점으로 피고 지고
만나고 헤어지는 것들이
흘러가고 저무는 것들이

피고 지는 것에 대한 송가

다시 새로 돋는 잎들이 죄다
무엇무엇과 누구누구의 전생이라면
한 방향으로만 치달렸던 지난 삶들은
대체 어디로 모두 사라진 것일까

동일한 숫자임에도 피의자의 다른 기억처럼
하루쯤 마음 놓고 닻을 내리기엔
해안선의 윤곽이 조금씩 다른 나날들

날마다 자각을 일깨우는 아침이 오면
심장은 위태롭게 다시 달구어지고

창문을 통해 세상의 소리가
볼프강 아마데우스 모차르트 협주곡처럼
작지만 긴 떨림으로 다가온다

지난가을 윤회하러 간 낙엽들을 보며
저간의 사정을 목격한 나목도
생의 모의시험 답안지 보듯 중얼거렸으리

해가 바뀌고 새날을 맞이하여도
세상 어느 구석에서든
정착하는 것은 아무것도 없다는 것을

직립으로 살기

잠깐 오수에 들었다 선잠을 깬 듯
무심코 기억의 어느 한 주름 잡아당겼더니
과거가 찌그러지기 시작했다

삶은 늘 매의 눈으로 죽음의 들판을 흩어보는
힙합 갤러리
대개는 생의 양극과 음극에 떠밀려
높고 낮은 구릉을 오르내리고 물을 건넜다

숱하게 멱살을 잡는 일상에 머리를 조아리고
시간의 황무지를 가로지르며
삭정이 같은 다리로 겨우 직립을 외칠 수 있었던
청춘은 그렇게
저는 다리로 힘겹게 어깨를 들썩이고
예까지 오는 동안 서서 살기 버거웠던 것은
생의 중력 때문이었다

미라가 된 인연들을 수없이 목격하면서도
중력을 무시하고 작두 타는 무당은 못 되었다

대충 그렇게 당겼던 기억의 어느 한 주름
도로 그쯤 펼쳐 놓으니 평소에도 늘 그랬듯이
현재가 다시 찌그러지기 시작했다

별똥별

사는 것이 너무 맛문하여
허공을 미아로 떠돌던 청춘 하나

우주 미필적 고의에 의한
타살 혹은, 자살

을숙도 갈대밭 끝길

해 질 무렵 을숙도 갈대밭 끝에는
어딘가 부려놓았던 추억까지 붉어지는 노을이 있다

한 시절 지난했던 빈곤의 울음소리가
아무렇게나 입을 열어도 길이 되는 허공을 날고
세월이 더께로 앉아 새빨개진 농기구를 붙든 채
정물처럼 저물어가는 마을이 있다

종종 나는 그 길 끝에 서서 등 굽은 시절들을 호명하고
소환된 시절들은 의례 그날의 마지막 순서처럼
예전보다 홀가분해진 내 어깨 위로 가볍게 지나갔다

그렇게 해야 하는 것처럼
평화로움 뒤에서 흐리는 생에 대한 따스한 뉘우침

진실로 홀로 외로울 땐
오히려 아무것도 그립지 않았다

율동이 사그라든 갈대밭은 차츰 더 평화를 부르고
느리게 느리게 서편으로 몰려가는 기억들과 함께
나는 저수지보다 깊어진 눈시울로
내 곁에서 멀어져 간 기억들을 다시 부를 수 있었다

너무 가까워서 상처의 무궁한 뿌리를 드리운 것들
거기 몸 박고 깊어진 손금으로 피어난 잎사귀들

한때 그런 것들로 나는
더 먼 길 바깥에서 서성였다

생은 그런 것들과 바꾸지 않아도 흘러
날마다 숙취를 걸러낸 아침이 두 눈을 찌를 때마다
미래로 오지 않는 어제의 노래와 약속들은 아프고
아무 때나 눕고 싶었던 시간은 고통이었을 테지만

하여간 나는 오늘도
해 질 무렵 추억까지 붉어지는 노을이 있고
영화로운 빛으로 축제의 날을 맞이하는 기쁨이 있고
쓸쓸함마저 평화롭게 누워있는

을숙도 갈대밭 끝 길을 서성였다

흑백 사진

어느 한순간 느닷없이 체포당한 생
성장을 멈춘 자화의 추억들이 양화 되었다
질주 본능을 저지당한 채
인연의 꽃 내음과 진실 혹은 거짓을 숨기고
겨울 강의 표피처럼 무엇인가 가려져 있을
저 희끄무레한 침묵
저마다 그럴 수밖에 없었던 방점을 찍고
대부분 인위적으로 취했던 순간들을
흑백 인화의 압정으로 거칠게 눌러놓았다
지금 함께 바라보는 합법적 평화는 사실
누군가는 목숨을 건 진실의 횡단으로
누군가는 절망을 거두어 간 빛으로 남겨진
흐릿한 시간의 낱장들
앞사람과의 연이 우선이었던 것임을
현시점의 애정이 눈치챌 수는 없으리라
그러나 눈치채서도 아니 될 자각이므로
본인만 간직해야 할 맹랑한 얼룩들
낱장 속 인물들에게 자각이란 명사는 없다
더러는 정체 모를 영혼까지 잡혀
언젠가 반짝였을 인화 속 주인공을 제치고
끝끝내 전설이 될 침묵만 흘리고 있을 뿐

커피論

참 이상도 하여라

순간적 내 모든 감정의 소요가
왜 하나같이 발가벗겨지는지
네가 피우는 향임에도
왜 내 낭만이 미세하게 떨어야 하는지

동요나 고요가 깊어질수록
슬픔이 다 한 것처럼 이글거리며
낱알 갱이 야릇하게 꿈틀대는 관능의 기포
때로는 알코올보다 진하다

고단하거나 잠시 버려진 낭만조차
모락모락 꽃등을 켜고
평화롭게 녹는 생
언제나 농밀하고 부드러운 중독이다

은밀한 부위에 코를 갖다 대고
항상 킁킁거리는 수놈처럼
나의 관심사는 너의 글로벌이 아니라
오직 너의 냄새다

15

촛불

어둠이 어둠의 알을 쏟아낼 때
더는 절망이 쌓여가지 않길 바라는

필생의 일념

제 삶 녹아 곧 빈털터리가 될지언정
보는 것만으로도 가슴 따뜻해지는

표정 하나

오래전부터 그랬듯 앞으로도
우리 생애 가장 오랜 역사로 기록될

아날로그 느낌표

먼동에 흔들리는 시간

빛의 중력을 한데 모으는 거대한 목탁 하나
동쪽 망루에서 부레처럼 부풀어 오를 때
밤새 내려앉은 제 고요의 무거운 침잠을 견디지 못해
차례로 껍질 벗겨내는 새벽 물감

먼눈조차 밝아질 빛의 일렁임으로
곧 장엄하게 피어오를 황금 목탁 유광에
푸른 새벽 핏줄 터져 피 흘림 역력한 지상의 허공

바야흐로 청동 물빛으로 부화한다

새벽 안감 뒤집어쓴 채
생을 흔드는 바람 따라 민낯을 드러내고
우련한 멀미 토하며 수런대는 산야
된여울 만난 바다의 숨소리 덕담으로 들릴
몸 지탱한 곳 그 어디에서든
한 데 머물렀던 꿈들이 움트는 시각이다

그래, 이 땅의 삶과 죽음 호미로 갈아
언제나 새 물 제 논에 끌어들여
저문 시간 다시 지피려는 저 모진 힘 역력한

아, 해뜨기 전 아침이여
먼동에 흔들리는 시간이여

불륜화서(不倫花序)

가슴속 각골 사이사이 피어나는 미망 꽃
끊으려다가 이어지다가 서로 스미고 젖어
몸 던지고 던져, 짓는

눈물 같은 집 한 채

몸 비벼 태운 관능과 쾌락의 문법들이
붉은 속살 다 내주고 소리 내어 앓는
정념의 화서(花序)다

이름이, 얼굴이, 추억이
사랑이라는 이름으로 피어나는 꽃차례다
유체 이탈된 윤리라고 다그치는 통념 앞에서
함부로 드러낼 수 없는 상처
눈물 글썽이는 입술이다

송당송당 잘려 나가 몸부림치는 연체 다리는
몸통이 아플까 다리가 아플까

사랑보다 불륜이라는 꼬리가 더 아파
불면에 잠식당했던 꿈이 또다시 열려, 짓는

눈물 같은 안식일

한꺼번에 울고 겨울잠 들었다 깨어나
다시 마음껏 우는 폭포다
언 땅을 뚫고 나오는 파설초(破雪草)다
잘려 나간 꼬리가 부활하는 도마뱀이다

아무도 오지 않는 숲 그늘에 싸여
어디에도 속하지 못하고 방황하는 잎새처럼
때로는 형극의 울음으로 떠도는 섬

때로는 운명의 전부가 되다가
안개가 되어 서성이다가 다시 스미고 젖는
취산 꽃차례다

바위틈에 숨결 하나 켜 놓고

움 틈 무성한 숲
성질 더러운 바람에 머리채 심하게 흔들려도
그 품 안에서 다 발아하지 못한 씨앗들 있으니
무슨 꽃인들 피울 수 있지 않으랴

만났으니 사랑을 하는 게 아니라
사랑하므로 우리 만났으니
누가 더 많이 사랑한다고 자존심 상할 일 아니다

밤이면 적멸(寂滅)의 등불을 켜고
내가 그대에게 나의 숨과 결을 한 올씩 담아
편지를 쓰면서 눈물 흘릴 수 있다면

독백처럼 축축하게 다가오는 외로움마저
나는 축복임을 깨달을 것이다

그러나 겨울 낮은 창가에 언 살 튼 성에꽃이
별 제약 없이 제 갈 길 가던 햇살 따위에 녹아
쉽사리 사라지던 것처럼
우리 얼마만큼 가파른 언덕을 넘어가야 하는 걸까

그러나 저 바위 틈새에 핀 돌단풍을 보라
숨결 하나만으로도 능히 꽃 피우지 않는가

동백꽃

이승의 홰치는 소리 넘나들며
겨울 밑동 목 놓아 우는 가녀린 수액으로
땅 한끝 짓밟혀 구원받고 피어나는
인과(因果)

핏빛 처연한 붉은 옷고름

감포에서

붉은 농담(濃淡) 차츰 묽어지는 수평선 멀리
고단하게 저물어가는 노을
힘겹게 힘겹게 제 살 허물며 윤회하러 가고

생애는 온통 그렇게 빛날 법한 일들을 겪으며
어차피 세월은 그렇게 가는 거라고
피었다 무섭게 지는 봄꽃들이 일러주곤 하였다

돌이켜보면 지나온 날들은 모두 신기루여서
낡은 지도에 남겨진 희미한 도로 표시 같았다

삶은 항상 높은 곳부터 닳아버리는 바퀴였다

동시에 바퀴의 가장 높은 곳이 가장 낮은 곳이듯
별책 부록 같은 희망과 절망 중에
오차도 없이 다가오는 놈은 늘 절망이었다

무엇이든 한꺼번에 건너뛸 수도 있을 법한데
무엇이든 왜 한꺼번에 건너뛸 수는 없는 걸까
의구심을 품는 순간

놈은 올 때마다 온갖 고통의 등불을 들고 찾아와
그 즉시 오류임을 가르쳐주곤 하였다

내 고통의 눈물로 이룬 소금의 언덕
오류의 반복을 견디다가 쌓인 상처의 껍질들
더께가 된 껍질을 떼려다 피를 보기도 하였다

온갖 것 다 내려다볼 수 있고
내려다보는 것을 바라보며 면벽할 수 있고
좁고 넓은 그 사이를 오락가락할 수 있는
하늘, 바다, 바람은 좋겠다

너희는
아예 희망이나 절망 따위가 없는 형질이니까

밤 강

길게 늘어뜨린 백한삼 너울거리듯
밤 강에 머리 푼 달빛 오라기
신성한 화(花)의 월백이 어디 따로 있으랴

어두워진 강이 이승에서 하는 일이란
밤이슬 담아 언제나 한낮의 물비늘로 남는 일
남아서 굳센 존재의 방식대로 흘러가는 일

검은 천 둘렀다고
침묵만 강요당하지는 않을 터

한밤 강가 정령의 숱한 넋들이
달빛의 순수 열망을 보듬고 어루만질 때
까맣던 침묵이 여명의 빛살로 탈색되는 동안
밤새워 뒤척이던 강물이 평온했을 리 만무다

보이지 않는 것들의 아픔은 언제나 큰 법
보이는 것만이 삶의 전부라면 얼마나 쉬우랴

가끔 달빛이 낮아지면 밤 강의 모든 슬픔이
생채기 환한 뼛조각들을 드러내고
아무도 걷지 않는 강물 위로

시간의 눈썹들을 적신다

노을의 식감

일몰이
한낮의 햇살을 비벼 모아
갓 구운 화덕 피자

죽은 시를 위한 레퀴엠

우주 장광설을 막후로 수많은 꽃등을 켜고
세월의 비늘을 따라 반짝이며 흘러가는 나날들

생의 바닥에서 꿈틀대던 꿈의 머리가
담벼락을 스치는 바람처럼
방금 고안해낸 얼굴로 종종 나타납니다

삶 이전에 설정된 꿈의 분자들이
하나의 얼굴을 갖기 위해
별 같은 표정으로 늘 내 궁창에 매달립니다

한 시절이 지나 또 한 시절이 예까지 오는 동안
점차 바닥이 드러나 보이는 꿈의 염료
음전하가 성하면 곧 녹까지 슬 상태지만
염료를 담은 그릇에 이끼가 낀 것이 더 아픕니다

생의 가파른 비탈을 지금까지 버텨준
나의 꽃말들은 극명하게
우는 꽃과 웃는 꽃으로 다가왔습니다

뇌의 우측 해마가 준동할 때
저장되어 있던 한 꿈이 되살아나 깜빡거리면
바닷속 해마가 말의 얼굴로 보이듯

그 꿈의 끝이 창을 닫거나 열고
더러는 무능한 글의 족쇄를 풀어 놓곤 합니다

토성의 띠를 힘껏 잡아당겨 토성 날리기
오체투지 표정으로 동사섭 뜨락 거닐기
모든 사랑이 내게로 와 세상의 그리움으로 남기
따위로 분방해지고

외로움의 격자를 구원으로 여기지 않도록
이제 깃털 갓 돋은 날개를 파닥이는 쓸쓸한 별들이
혼밥의 밥 알갱이보다 많습니다

사유란 생의 극 중 극을
내 꿈의 하교대로 연출하는 것

오늘도 나는 기호의 첫과 끝을 오락가락하며
글의 내부를 해부합니다

내게 남겨진 낭만에 대하여

지금 내게 남겨진 낭만이란 어쩌면
재활용 의미조차 지닐 수 없는 폐기물이어서
어떤 멋스러운 일이 와도 내게는 슬픈 계절

낡은 필름에 꼬물거리는 흰 점막처럼
폐기물 깊숙이 꼬리 박은 채 증식하고 있는
감성의 새로운 편모충들이
선연하게 떨리던 감정들을 잠식해 간다

종탑에 걸린 십자가 빛나듯
더러 지우지 못한 낭만 하나쯤 반짝여도
감성의 전류가 방전된 생애는 하여간
흔들림 없이 자족의 모습으로 저 멀리 흘러

가령 빈곤한 예술가의 멋스러움 따위
이젠 낡은 추상쯤으로 퇴락한 이즈음
새 애인을 꿈꿀 때마다
전 애인에게 꼭 승낙을 받아야 될 것만 같은

다만 영 늙지 않는 심장 탓으로 돌리고
다 닳고 남은 촉수 하나로 울 수만 있다면
이 세월 먼발치로 아주 저물기 전
분홍빛 날개 한 쌍 돋울 수 있지 않으랴

그 누구의 잎새가 되든

마주친 길 위에서 누가 부르는 것이든
한 번의 부름에 서로 눈 멎는 순간

흔들리며,
흔들고 싶다

어린나무 가지에 깊은 바람 스쳐도
마르지 않고 떨며 우는 잎새처럼

우리 얼마만큼 흔들려야 서로
외로운 뿌리에 손 닿을 수 있을까

먼 별에서 오랫동안 떠돌던 그대여

나는 외로움에 투사된
자학의 방화범

그 누구의 잎새가 되든
나는 이제 외로움을 헹궈낸 물빛처럼
해맑아지고 싶다

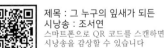

제목 : 그 누구의 잎새가 되든
시낭송 : 조서연
스마트폰으로 QR 코드를 스캔하면
시낭송을 감상할 수 있습니다

치질

괄약근 카르스트
안팎으로 심도 깊은 오만가지 통한의
섬유질 종유석

배롱 립스틱

몇 번쯤 눌린 전생으로 파충이 된 나무껍질
하지 정맥 푸른 꽃대 세우고
실밥 터져 붉은 안감 뒤집어쓴 나무 꽃

허리에 두른 진홍의 묽은 점액 세필로
배롱 립스틱 짙게 바른 저 화냥의 입술

도달해야 할 왕국을 꿈꾸며
쥐라기 태열 터지는 우듬지로 여름을 꿰매는
아, 배롱나무 꽃잎이여

두레박으로 쏟아붓는 정오의 햇살처럼
처녀 가슴 영글어 가듯 농익어 가는
너의 빛 내부

외향성 과잉으로 검게 변하는 장밋빛 입술은
부디 본받지 말 것

밀폐된 자아로 처절한 기다림의 화신이 된
능소화의 길항(拮抗)으로 부디 솟구칠 것

별의 살집이 달처럼 환하게 차오를 때까지

 제목 : 배롱 립스틱
시낭송 : 김지원
스마트폰으로 QR 코드를 스캔하면
시낭송을 감상할 수 있습니다

31

꼬마 인형

생의 뻘밭에서 굽신굽신
마침표 없이 길게 산문을 쓰는 갯지렁이처럼
축축한 세월 그늘에
인과에 대한 사리와 분별의 뿌리가 숱하게 얽힌
온갖 설화(說話)가 내게 증식해 있다

생애의 물빛에 반사되는 민낯이 두려워
주춤대고 서성이다가
망설이며 물러서기를 얼마나 반복했을까

섬과 섬이 독립적으로 그 무엇을 지니고 있듯
무엇인가와의 시작은 늘 구별로 출발했고
관계가 끊어질 무렵이면 항상 구분으로 남았다

내 잠 속에 쏟아져 내리는 꿈의 실체들은 대체로
그물을 펼치기 전 물속에 어른대는
햇살을 건져내는 것만큼이나 어려웠다

각질이 다른 생의 상처에 거듭 다치고
세상에 떠다니는 사람의 섬과 섬 사이를 잇는
수많은 형용모순의 다리를 건넜다

가공의 미소 뒤에 가려진 꼬마 인형의 비애가
타인의 고착화된 시선 안에 갇힌 것처럼
닻을 내렸던 사람의 섬마다 하나같이
채플린의 진한 페이소스 정원이 있었다

무엇은 무엇다워야 한다는 이름으로
그늘진 기억들이 풀 넝쿨로 얽히고설키는 밤
주어로 뭉친 기억은 탈수가 되지 않았다

떠난 사랑이 더는 목숨이 아니듯
가슴 어디쯤 시퍼런 것들을 도려내고 싶었다

그러나 꿈속에서조차 틀에 맞추어
나 자신을 끊임없이 재단하는 모습을 보았을 때
힘겹게 길을 문지르는 자벌레가 문득 떠올랐다

백수 선생

갱년기 얼굴로 꽃 지던 날 맨가슴 긁히듯
제 할 일 다 못하고 미어터진 오늘이
어제 빠져나간 영혼처럼
내일이라는 이름으로 그냥 걸어오지 않기를

소멸에 관한 이야기 미처 다 풀지 못하고
저녁 안개처럼 사라져 간 가을이
자기 울음 가파르게
다시 서글픈 풀 무더기로 돌아오지 않기를

아침 안개 내리는 산길 따라
어느 기슭엔가 스며들었을 겨울이
더 이상 눈 내리지 않아도
전부 흰자위만 남은 계절로 찾아오지 않기를

다만 교묘하게 분할된 생의 미학에 젖어
핑계의 날들로 낮과 밤이 분별없이 바뀌고
술잔 속에 담긴 시간, 인연, 추억들이
술병 우러러 여러 점 부끄러워도

사유의 변방에서 자유롭게 부르던 노래들이
제 생의 언덕을 서둘러 내려와
여전히 꿈의 하명을 쫓아 흔들어줄 이 밤
詩보다 진한 세상의 별들을 술잔에 붓는다

대못

아, 언제나 꼿꼿한 너의 정상위

조루나 발기부전은
너에게 생물학적 근거가 없겠구나

있다면
모든 구멍 경(經)에 수록될
상이용사라는 단어뿐

그래, 차라리 부러지는 게 너답다
휘어지는 것은 굴욕이지

꽃담배 꽃말

아주 상투적이고도 진부한 말을 하련다

나는 그대가 있어 외롭지 않다

이 꽃말 화분에는 서리가 내리지 않는다
그리하여 누군가의 손길이 늘 분주할 터다
이따금 이곳은 흰색, 황색, 연분홍, 자줏빛 그리움의
고성(古成)으로 남지만

꽃 진 자리란
꽃말의 잠복지 같은 곳

이 땅에 치댄 모든 핏줄로 육신을 만들고
한 생으로 들어왔던 육신이 빠져나갈 수 있는
최대치 이별로 멀어져 갈 때
반짝이던 생의 나들목이 떠오를 테고

근막 같은 생과 사의 박자 사이로
현실에 박혔던 허구의 살점들이
하나둘씩 기억상실증으로 떨어져 나갈 터다

꽃 핀 자리란
태초의 이브가 최초로 오줌 눈 자리

그곳엔 방사성 탄소 측정으로 밝혀진 옛날이 있고
방사성 동위 원소 측정으로 드러난 잎사귀가 있고

햇살이 드나들던 탈옥의 크기만큼
가혹한 생의 동사에 흔들려도
그대가 있어 외롭지 않다는 수식어에 힘입었을 터다

꽃들이 저마다 피고
사랑도 저마다 피지만

뿔뿔이 흩어진 들길이 한 숲에 있듯
초여름의 이마와 한여름의 입술이 포개진 그대여

꽃잎의 문법마다 매달린 수사학처럼
다시 한번 상투적이고 진부한 말을 하련다

나는 그대가 있어 외롭지 않다

어떤 말로도 대신할 수 없는 말

허공을 날아다니는 것들도 꽃망울을 터뜨리고
땅속을 기어 다니는 것들도 사랑이 이루어지거늘
이생의 열쇠를 풀기도 전 아득히 먼 별이 된 그대여
우리 사랑 도대체 어디서 버림받은 약속이었길래
오는 햇살 가는 세월 뒤에서도 꿈처럼 서성이는가
우리 생애 단 한 번의 눈 맞춤으로
너무 일찍 세상의 모든 이별을 노래했느니
이 지상의 무게만큼 내려앉는 기억으로
가슴에서 끝내 지워지지 않는 이름 하나 눈물겨워
언제나 내 안에서 비처럼 내리는 이여

인연이 내릴 마지막 울음까지 견뎌내는 일이란
점멸하지 않는 백야 등불 끌어안고
망각 없는 강 함께 건너가는 일
언젠가는 내릴 수밖에 없는 이생을 건너기 위하여
죽어서도 몸 안에 서로 길게 눕는 일
아직도 마지막 추억 끝에서 눈물 글썽이는 이여
간혹 새벽을 머리에 이고도 별이 보이지 않을 땐
그쪽 바라보던 시선 끝에 그대가 알아챌 수 있도록
세상의 언어를 모르던 처음의 그대 별 그려둔다
그 어떤 말로도 대신할 수 없는 말처럼

※ 서미경 시인의 애상(哀傷)을 위한

희망은 선악을 구분하지 않는다

가벼운 절망 하나조차 가릴 수 없이 흘러간
잉여와 같은 세월 저편

세상에 남겨진 것이 몹시 두려워서
두려운 나머지 고단하고 아플 거 같아서
음경 확대기를 손에 쥔 왜소한 남자처럼
턱없이 너를 부풀리곤 하였다

세상의 누군가를 위해 왔다가
그 누군가를 위해 아낌없이 죽겠지만
어느 한때는 내게도 빤한 통속의 빛살로
기꺼이 몸 바치러 왔었다

희망은 언제나 병목현상을 빚고
절망은 언제나 무능을 나무라는 것

그러다 어느 한 생의 통곡으로 점멸하거나
간혹 절망의 능선 끝에서 멈칫거리다
절대 부서지지 않는 꿈의 꼭짓점으로 남아
이데올로기가 되는 너는

탕진을 밥 먹듯이 해도 꺼지지 않는 가치로
선악을 구분하지 않는 무중력의 빛

터널

옹골찬 바람 지나가네

생의 들숨 날숨이
세월의 들숨 날숨이

사미승 반절하듯
어디로 가는지 묻지 않네

후천성 면역 애정 결핍증

몸 안의 숨결을 태우며 새어 나오는
무결점의 흰 살
그 살결로 피륙을 짜 그대 몸 덮으면
저 깨끗한 속 살의 정박지 될 수 있으려나

그곳에 닻을 내리고 싶을 때마다
강가의 수많은 모래알처럼
낯익은 꽃들이 무성하게 얼굴을 내민다

끝없이 내게 신호를 보내는 열망의 시선
여러 개의 꿈이 겹쳐진 복잡한 무늬
짓무른 애틋함, 현실 바깥에 던져버리면
다시 뜨겁게 차오르는 영혼의 팔다리

얼어붙지 않기 위해 그리움은 그렇게
끊임없이 물관을 건드려
지속적으로 눈물이 필요했던 모양이다

안팎으로 피멍이 들면서도
대체 이놈의 그리움은 왜 죽지도 않는 건지
풀 수 없는 단 하나의 매듭처럼
불씨 하나로도 기어이 타오르는 붉은 꽃

지독한 피고름이다

41

유물론의 돼지

작은 소리 하나 놓치고 싶지 않던
한낮의 수런거림을 모두 탈취 당한 식물의 밤처럼
모든 것이 저물어버린 시간

책 여닫기를 몇 번
생각을 폈다 접기를 몇 번
글을 쓰다 말기를 몇 번

낡은 레코드플레이어 제멋대로 돌아가듯
접속한 인터넷에서는 이런저런 음악이 흐르고
냉장고 뼈대처럼 진열된 맥주 캔과 포도주 병과
먹다 남고 남아 박제된 안줏거리 몇 개와
허기진 발바닥으로 골목을 배회하는 고양이와
유기견의 신음이 섞인 바람 소리까지

그런 것들과 상관없이
유물론의 돼지가 되기 싫었는데

돼버린 새벽

사념의 고리 사이사이를 비집고
귀 언저리에 앵앵거리던 음악이 잠시 멈춘 방
거미의 거미줄 뽑는 소리조차 들릴 듯한 방

세상에서 바라보는 나 자체가
유물론의 대상이란 것을 왜 진즉 깨닫지 못했을까

스스로 조상이며 후손인 바람같이
스스로 유물이며 유심인 햇살같이
살 수 없음이리라

언젠가는 누군가가 나를 향하여
삼가 고인의 명복을 빈다고 중얼거릴 때나
유물론으로부터 해방될지 모를

그 어떠한 대의명분도
결국 공짜가 아닌 상대적 유물이었다는 것

모반을 꾀했던 사념의 혁명은 번번이 실패로 끝나고
장례식을 마친 유물론이 수의를 잡아당길 때
내 몸을 감출 수 있는 유일한 곳

달팽이관 같은 이불속

풀빛 묻은 물소리

하늘 개인 날
연둣빛 햇살 사각사각 쌓이는
바람의 언덕

겨울 밑동 어디서부턴가
연분홍 살 내음 목놓아 부서지던
풀빛 묻은 물소리

매화 턱 괸 담장 아래
깨금발 들고 쑥색 치마 나풀대는
봄날 누이야

저 능선에서 묵념처럼 헤매던
너의 치맛자락 몇 개쯤
더 풀어줄 수 있지 않겠니

큰 돌

이미 고생대 몸짓으로 동여맨
옷고름

누대에 걸친
조선 최동단의 좌표

독도여, 이것으로
너의 슬픔과 시비는 끝이다

낙공(落空)의 서(書)

세월의 눈발이 현현한 안뜰에서
앞모습만 보았던 생각들이
뒷모습의 화서가 무성하다는 것을 알았습니다

한 삶이 한 삶을 만나 별자리를 만들고
함께 젖어 투신하게 될 일들도 참 많았습니다

더러는 성급함이었고
때로는 서투름이었습니다

실체가 분명치 않은 도형으로 뿌리가 자라
혹간 생의 정수리에 홀씨 하나 남기기도 하고
잎사귀도 보기 전 처참하게 쓰러져
비린내 활활 풍기는 어린 꽃나무가 되기도 하였습니다

기쁨과 슬픔은 대체로 너와 나의 몸속에서
서로 줄기세포가 팽팽하게 부풀어 오를 때였습니다
가해자와 피해자의 같은 날 다른 기억처럼
생의 지층이 흔들릴 때마다 의문이 들었습니다

나는 왜 그때 그 길목에 서 있었을까
혹시 그 어떤 것으로부터 의인화된 나는 아닐까

생의 풀무질에 공손하게 흔들리면서도
먹잇감에 시선을 고정시킨 포식자의 허기로

컹컹 우우,
우우 컹컹,

날마다 늑대가 되거나 개가 돼야 했습니다
이도 저도 아닐 땐
늑대 소리도 개소리도 아닌
이상한 목소리로 세상의 울음과 섞여야 했습니다

나는 오늘도 생애의 마지막 하루처럼
이미 비겁하지만 거의 비겁하지 않은 척
조금은 완곡한 소리로 온종일 짖습니다

우우 컹컹,
컹컹 우우,

색바람 편시(片時)

서둘러 양달에 일찍 엎드리는 일몰의 잦음
조표가 바뀐 풀벌레들 화음이 새롭게 담장을 덮고
무엇인가 잔뜩 내려놓을 듯한 만삭의 몸으로
까맣게 잊고 지내던 옛날 애인처럼

가을이 왔다

속절없이 찬란하여 너무나 고달팠던 나날들
잘못 건드린 성감대로 온갖 패악을 부리다가
기다림의 독만 치사량 풀어놓고
부패 직전 끝물로 슬그머니 가버린 여름

지독한 우화였다

이제 곧 추락할 것들의 생생한 필사를 위하여
추억이 덜 깬 길거리 가로수들과 들녘의 능선으로
곳곳 번져갈 색바람 편시(片時)
일찍 돋은 별들이 늦잠 자는 법을 배우자

가을이 반짝였다

그 남자의 방

칡넝쿨 같은 사유가 몇 번 뒤집어 놓은 듯한 공간
촛불 켠 사유의 영매들이 맨발로 탄 작두
그 위로 과거와 미래의 령들을 불러내
초혼으로 포로가 된 수많은 기호의 혼백들이
책꽂이 칸 칸마다 시와 소설이라는 위패를 들고
시간의 먼지를 뒤집어쓴 채
저들은 어째서 하찮은 곤충으로 태어나
자신보다 더 하찮은 소똥 따위에 깔려 죽는가
따위의 하찮은 사유로부터
탈속과 세속적 인과의 결말들이 방 안을 맴돌며
이 지상 저 하늘 음계의 뼛속에 이르기까지
때로는 지리멸렬한 조탁의 음표를 거부하거나
답답했던 자폐가 속울음 비명 터지듯
쉴 새 없이 생각의 안감을 박음질하며
탕진으로 말라버린 사유의 강물과
더 이상 어떠한 꿈도 변제가 불가능한 시간들이
공기 방울만 수없이 쏘아 올리는 아가미처럼
꽃 사발에 손 담그고 지속적으로 증발을 반복하며
혁명의 묽은 체액으로 거듭 채워지는 기호들

아, 개똥 같은 시인의 방
그 남자의 방

2부 /

.... 튼튼한 줄이 있었다

누군가 잡아줄 것을 굳게 믿었기 때문에
삶이라는 이름으로 나는
단맛, 쓴맛, 매운맛의 절벽들을
지금까지 감히 뛰어내릴 수 있었다

술판

신이
에덴동산에 숨겨 놓았던 욕망의 과즙을
아담에게 털린 이후 생긴 문화

정작 술보다 더 무서운 이 열락의 판은
세상의 이브에게 오랜 세월 동안
종종 주홍 글씨의 단초가 되곤 하였다

염병할, 시

　행적이 묘연한 당신을 찾아내느라 날마다 늑골 하나가 시립니다 당신은 혈액형도 없고 지문도 없습니다 그러므로 이 행성에 존재하고 있는 당신에 관한 모든 데이터와 당신 조상들이 새겨 놓은 비문을 수집하고 분석하는 일은 거의 고통에 가깝습니다만 실은 종종 재미도 안겨준다는 사실입니다 아니 어느 땐 행복하기까지 하지요 시간의 지층이 쌓이면서 고작 알게 된 것은 당신의 가족력뿐입니다 그러니까 지금까지 나는 당신의 가족력 언저리를 맴돌며 詩라고 우겼던 겁니다 당신이라고 굳게 믿고 싶었던 것이지요 새벽 물빛에 흔들린 시간이 너무 깊어서 어쩔 수 없었습니다

　당신은 수많은 발효와 숙성의 무덤 혹은, 태어나는 것들의 모든 고전, 버들가지였다가 채찍이기도 합니다 그 허구를 좇아 얄팍한 사유의 지느러미 날마다 꿈틀거립니다 당신에게 혈액형이 있었다면 시의 그깟 단내쯤 고통으로 여기지 않았을 텐데 직립원인들이 비문처럼 남겨 놓은 글 몇 줄로는 당신 몸짓을 당최 알 수가 없습니다 새로운 것들과 썩는 것들의 열기가 채 녹지 않는 불멸의 봉분, 하늘을 머리에 이고 새벽을 일구는 산처럼 그 봉분 하나 넘기 참 녹록지 않습니다 어쩌면 나는 당신의 무덤을 영원히 찾지 못할 수도 있습니다 죽든 살든 어차피 당신은 허구니까요

찻집, 달과 6펜스

속절없이 찬란하게 펄럭이던 필멸의 여정들
한 시절 초신성을 꿈꾸며
수많은 풍문을 퍼트리던 여름과 가을

그 창들은 지금 다 어디로 흩어졌을까

밤마다 팔자에도 없는 모진 손금 펼쳐 놓곤
간밤의 좌표를 복기하려던 달과 별들이
허기진 하루 생을 마감하며 지녔을 고독처럼
자비가 없는 계절의 골 깊은 추락

우주의 부레에서 공기가 차고 빠질 때마다
어김없이 발생하는 지상의 역설

한꺼번에 핀 봄을 뙤약볕으로 주저앉힌 여름과
기울어진 여름 어깨 등지고 멀리 떠난 가을

이지러진 들녘의 풀꽃 바람 발등을 딛고
미증유처럼 다가온 저 폭설의 담묵(淡墨)

아, 느닷없는 환기
첫눈

은 꽃신 언약

그믐밤 새벽 어느 틈 손톱 끝으로 꾹 누른 자국
거기서 흰 보자기 뒤집어쓴 그믐달
은 꽃신 되고

내게 아무런 기약 없이 흘러가는 날들처럼
아무런 기척 없이 새벽 강 건넌다

아무 때고 추억의 안팎을 잘라낼 수 있다는 것은
어떤 추억이든 지울 수 있다는 의지

한때 그리움의 벽을 넘나들던 눈물이 자라나
늦봄의 철쭉보다 붉었던 그대여

그러나 어디서든 새길 수 없었던 약속 몇 닢
이제 낙엽이 된 몸으로 뒹굴고 울먹인다 한들
우리를 불러 세웠던 지난 몇 번의 꽃 핌이
지금 무슨 증표가 될 것이며 어떤 뜨거움이 되랴

독한 술 온몸에 퍼지듯 번지는 고독의 미식
그믐달보다 진하다

하지만 모진 언약 하나쯤은 공소시효가 없는 법
그러므로 그대도 가끔은 나처럼
짓무른 눈빛으로 저 은 꽃신 바라보고 있으리

일출

하늘 강 동루(東樓)
밤새 진통을 겪다 벙근
해탈

가벼운 임종 눈꽃

굳센 중력의 힘으로 당겨지는 거대한 바코드

한가로운 시선으로는 감히 상상도 못 할
뭉쳐진 생각들이 부서져 수취인 불명으,로 내린다

속살 환히 지피는 면면
시 읽는 소리로 내려앉을 때
언제나 추억 같은 이름

아무도 건드리지 않아도
바람의 의중에 맡겨두는 저 가벼운 이별의 몸짓들
따뜻한 온기와 햇살이 이루는 저 홀가분한 죽음들

몸 뭉쳤던 곳에서 제 삶 가닥가닥 깃털 돋우어
다 보내지 못한 민들레 홀씨 부유하듯
환한 느낌표로 점점이 마침표로 나부낀다

캄캄한 시력조차 환해질 섬세한 세필로
이 지상 저 기슭 훑으며
바람의 음계를 타고 한 해 살이를 마칠 때

한 시절의 노역을 끝내고 겨울 사상서를 남기는
매화의 눈물 같은 이름
눈꽃

제목 : 가벼운 임종 눈꽃
시낭송 : 박영애
스마트폰으로 QR 코드를 스캔하면
시낭송을 감상할 수 있습니다

외로움의 지문

물속의 물이 물길을 찾듯
나는 오늘도 내 외로움의 지문을 찾느라
뇌가 빨개졌다

외로움의 진물이 굳어 지층이 생겼다

그 지층이 쌓아 올린 관제탑에 앉아
세상의 외로움을 어루만지고 있는 나 자신이
우습다 못해 슬펐다

정작 나는 외로움의 격자에 갇혀 있는데
어쩌다 나는 늘 타인으로부터
외로움이라는 명함만 건네받는지
어쩌다 그들의 부재만을 걱정해야 하는지

내 외로움의 근원적 지문을 찾아냈을 때
모든 것을 흔들면서
정작 흔들리지 말라고 일러주는 바람처럼

나의 외로움은
늘그막 최종 필터에도 걸러지지 않을
불법체류자라는 사실을 알았다

2017 그 후, 담장 나라

그해 동백은 피다 말았습니다
피다 마는 일과 지다 마는 일은 어느 쪽이 더 아픈 일일까요

무너진 것도 아니고 쓰러진 것도 아닌데
단지 변종의 씨앗들이 조금 번진 것뿐인데

생각의 앞모습만 무성한 게 아니라
생각의 뒷모습도 겹꽃으로 현현한다는 것을
뼈아프게 알았습니다

서로 총부리를 겨누고
동일한 신에게 구원을 간구하는 전쟁터의 모순처럼
담장이 생긴 이래 벌어지는 이 간극은
가장 가혹한 변이였습니다

이 루시즘 현상을 어떻게 극복할 것인가를 놓고
자책의 이명에 귀를 씻는 얼굴들이 우왕좌왕하는 사이
소수의 확증편향이
다수의 선택적 시각을 종종 무너뜨렸습니다

메피스토의 혀는 몇 갈래일까요
혹시 악마가 잠언을 말하는 나라에서 살아 본 적 있습니까

꿈의 물줄기에 몸을 담근 얼굴들이
길게 목을 늘어뜨리고 한 시절의 생각에 잠겨 있는 동안
계절은 더욱 느리게 걸어갔습니다

등장 초기에 그럴듯했던 설법들이 언제부터인가
오직 한 가지 선을 위해 존재하는 명상으로 변해갔습니다
담장 안의 모든 문법이 한 곳으로 모이기 시작했습니다

형식이 내용을 앞지를 수 없다는 본질을
그동안 누렸던 자유보다 더 자유롭게
막힘없이 거침없이 써 내려가는 변종의 헤게모니

낚싯바늘에 입과 머리가 깨져도
마릿수와 크기에 연연하지 않는 낚시의 도를 아십니까

크리스마스와 명절의 기쁨조차 조금씩 사라지는 광경을
간신히 어깨로 받치고 있는 얼굴들 위로
노을이 불 지른 춘화보다 더 붉게 물드는 담장

한 점 한 획 말뚝 박는 변종의 그 빈껍데기 문법에
죽어도 머리 닿기 싫었습니다

그렇다면 변종의 매트릭스 한 번 타보겠습니까

의당 있을 법한 몸통은 언제나 유령 체(體)였습니다
깃털만 있는 새장 안에 유서를 남기고
느닷없이 죽은 꼬리가 종종 뉴스를 장식했습니다

몸통 하명의 마지막 소리를 온몸으로 견뎠을
저문 눈동자의 그 깊고 고요한 웅덩이

물 한 모금 적시지 못하고 냉가슴 앓다가
차마 어쩌지 못해 강물에 몸 담가 그 궤적마저 지워지는
국면이 뒤집힐 개체적 단서의 사후 부검은
왜 항상 타살의 그림자가 어른거리는 자살입니까

그리하여 그들의 공무도하가(公無渡河歌)는
어째서 단 한 번도 울리지 않는 겁니까

서로 마주 보고
말 줄임표와 말 없음표에 눈을 고정한 이웃들
보일 듯 보이지 않는 담장 하나 사이에 두고
아직 반짝이는 세월의 단층을 함께 걷는 얼굴들

각자 길 끝에 서서 생채기 음영 몇 %쯤은 가슴에 묻고
죽을 듯이 순진하고 어리석은 펭귄의 머리를
잔인하게 물어뜯는 북극곰의 의인화는 대체 누구입니까

일찍이 예수 콤플렉스에 휩싸인 어느 미친놈이
기적을 낳아 스스로 월척이 되고
월척이 다시 월척을 낳아 몸통의 잔영이 어른거릴 때

연동형 비례처럼
다시 사망이 사망을 낳는 나라 본 적 있습니까

역설의 남발은
자기 역설의 부메랑이 될 수 있다는 것

그것은 예상 밖의 결과가 빚은 모순의 부조화였습니다
그것은 바벨탑 그늘마저 깨끗하게 거두어가는
정직한 햇살이기도 했습니다

기쁨도 슬픔도 아닌 오직 분노만 가득한 얼굴들이
서로 자기들만의 V자 문양을 띤 채
길거리에 도열하고 골목골목을 누비는 광경
본래는 따뜻한 우리의 이웃들이었습니다

엘리제의 검은 망토처럼
바야흐로 붉은빛 살결이 흐르는 이 땅의 담장이
제 몸에 겨워 차츰 무너져 내리고

하늘마저 기울어 가는 생채기 환한 터널이
이제 생의 마지막처럼 저물어가는 곳

"까닭 없는 창상과 재앙이 뉘게 있느뇨
이것이 마침내 뱀같이 물 것이고
너는 바다 가운데 누운 자 같을 것이니" - 잠언 -

눈물겹게 동백꽃이 몇 번 피고 지는 사이
법보다 훨씬 높은 공정의 가치와 평등성이
곧 부메랑이 된다는 사실을 모두 깨달았습니다

다시는 경험하고 싶지 않은 나라의 매트릭스에서
이만 내리렵니다

61

달팽이

세상이여

빙빙 도는 너를 닮지 않으려고
어째서 나는 매일
이렇듯 몸을 비틀어야만 하는가

유월의 목덜미들

낮술에 취한 듯 여백 없이 흩날리는
상록의 목덜미들

그 사이로 여정을 멈추지 않는
훈풍의 저 깊숙한 곳엔 무엇이 들어있을까
산소통을 맨 여름 나라가 있는 걸까

일곱 살 봄 내리던 날
앙투안 드 생텍쥐페리의 어린 왕자가 되어
청보리밭을 거닐던

그때의

이 방향으로 몰려오는 햇살에 대하여
저 방향으로 솟아오르는 눅눅함에 대하여

언젠가는 우리 모두 흩어질
이별의 생면부지를 기억하고

흘러가는 것은 그리운 대로 내버려 두듯이

나는 지금
손톱 같은 생의 한낮을 거닌다

세상의 쓸쓸함들이여

퍽 오래전부터
어딘가에 저장되어 있을 세상의 쓸쓸함들이여
이 밤 안부를 묻는다

너희는 누구도 기억하지 못할 역에서
생존의 고리를 맴돌다 등이 휜 것들이겠지만
한 때는 짙은 녹색 페인트를 두텁게 뒤집어쓰곤
무한한 융성을 꿈꾸었겠지

그러다 신이 짠 시간표 안에 들지 못했거나
어찌어찌 겨우 들었어도
누군가로부터 욕설처럼 버려진 것들 아닐까

지나간 것들과 사라진 것들에 대하여
멈추면 비로소 보이는 것보다
왠지 모르게 먼저 미안한 마음이 드는 이유다

밤새 고뇌로 얼룩졌던 문장 한 줄이
해 뜰 무렵 불현듯 떠오른 단어 하나 때문에
불식 간 모두 지워지는 것처럼

영문도 모른 채 생의 윤곽을 살균 당한 것들에게
미안함과 죄스러운 마음으로
이 밤 안부를 묻는다

뇌

맞춤형 독방에 갇힌 끔찍한 에너지
생의 교사범

콩나물 대가리 혁명

이 지상 저 우주를 영원한 활용의 의무로 치환한
다섯 개의 허들

악보라는 그 신전 안에서 요동치는 건
오히려 고요다

그 고요를 깨고 너희 머리가 잡히는 순간
일란성 이란성 꼬리가 힘차게 유영을 하고
더러 성공은 필수, 전설이라는 목표가 실현될 때
비로소 튼튼한 종마의 유전자로 기록되지

언제나 현재 진행형이므로
너희 화석은 존재하지 않는다

무지렁이 직립원인이 너희를 발견했을 때
神도 아차 싶었을, 그러니까 너희 신은 바로 우리고
우리 신은 너희에게 낙태를 당한 셈이지

하지만 전쟁터에서 들리는 녹턴은 정말 위대해
하지만 단지 평화로움을 가장했을 뿐이야
하지만 너희가 세상의 프리즘 한쪽인 것은 부인 못해
하지만 너희는 너희처럼 알지

개 눈엔 흑백만 보인다는 거

그렇다면 무지개가 보이는 우리와
좀 더 유연해질 필요가 있어

가령 어떤 추상적인 특질을 구체화하는 방법으로
몇몇의 쌍둥이들이 각각의 모자를 쓰면 어떨까

검은 머리 흰머리만 달린
너희가 모자를 쓰면 꼬리 또한 진화할 거고
내친김에 새로운 허들까지 생길지 누가 알아

혁명이란
혁명이 혁명하고
혁명으로부터
혁명 당하는 것

이제 찌든 그깟 오선지 그만 우려먹고
그야말로 혁명과 진화를 동시에 이룩해 보는 거야

그것이 설령 수포로 돌아간다고 한들
너희는 일시적인 추락은 있어도 결코
죽지 않는 생이니까

물빛 몸매

나무 손가락 사이로
보푸라기가 일듯 시신경 마음껏 유린하는
저 빛살들 좀 봐

헐벗은 몸 다 내준 겨울
정신 혼미하게 만드는 연분홍 페로몬에
기어코 벌어진 불륜

몽환의 물빛 몸매로
눈 시린 봄 강

깊고 뜨거운 연둣빛 결속의 밑동이다

산다는 것엔 아무런 이유가 없다
사는 것만으로도 충분한 이유가 되니까

제 숲을 버린 겨울이
그 숲을 걸어 나올 때 땅속에 묻어둔
봄 뼈 하나
음과 양 사이에서 바야흐로 살점이 돋았다

산다는 이유가 다시 한번 충만해진

눈물의 토카타

고단했던 하늘이 잠시 쉼 하는 나날들
추란의 성급한 핌 마저 무색할
스치는 바람 한끝이 제법 서늘하다

어느 곳이든 빗장 푼 들길에서
오메. 단풍 들 겄네 라던 김영랑의 소리
먼 산새 울음소리처럼 아련하고

꽃이 지는 길과 햇살 내리는 길이
무엇인가 익어가는 들녘을 만날 때
또 한 시절이 지겠구나 싶을
이 가을

한때는 한꺼번에 자라났던 잎새들이
떠날 때는 왜 홀로 가야 하는지를
길 끝에 반짝이던 은행잎들이 알려줄
이 가을

그리움 한 아름 안고 가지 끝에 매달려
끈질기게 버티던 잎새 한 장

어느 날 그 힘 다하여 툭 떨어질
아, 눈물의 토카타여

제목 : 눈물의 토카타
시낭송 : 박순애
스마트폰으로 QR 코드를 스캔하면
시낭송을 감상할 수 있습니다

민들레 홀씨

온전히 나를 비워야 날 수 있음을 알고는
그리움을 비웠습니다

태어남과 죽음이 빈손임을 알았을 때
비로소 외로움도 버렸습니다

시간 저편

만삭의 몸이듯 힘겹게 올랐던 생의 능선들
땅거죽 몇 벌 쌓인 세월 위에서
나는 여전히 무대 위 배우처럼 서성이고

미래에 대한 아무런 신호가 오지 않음에도
목숨 붙어 거둘만한 안팎인 것처럼
거칠기 이를 데 없는 세월의 표피를 딛는다

햇살이 내린다는 것은
구름이 잠시 탈속했다는 신호

그러므로 갈변하지 않는 잎사귀는
오히려 위태롭다

시간의 옛 정거장 다시 헤아려본들
지금 여기서 너무나 멀고
이제 그 어느 한 가지
눈가림할 수 없는 세월 몇 닢 남았다

눈 덮인 마을 차례로 불빛 꺼지듯
다가올 길목들조차 이별일 수밖에 없는 생

그저 아낌없이 흐느끼며 살다가 갈 일이다

과거사는 모의시험처럼 온다

여기서 아주 멀게 등뼈 휘어진
먹물 같은 시간 저 반대편에 서서 가끔
툇마루 놋요강에 오줌발 내리듯

어느 땐 웃고 어느 땐 울게 하는
미망의 불꽃 한 송이

검은 재에 깔린 길을 걷는 것처럼
기억하고 싶지 않은 마음으로 기억하고
기억되는 그것

너무나 황홀해서
영원이라는 승차표를 쥔 사랑처럼
멈추지 않을 것 같았던
그 순간의 순수

결코 약속도 아니었는데 약속도 없이
내 몸 안에 무궁한 뿌리를 드리운
주홍의 그루터기

첫, 이라는 어휘로
현혹하고 현혹당한 뒤틀린 심상이
얼굴에 나타나는 글씨

나도 누군가에게 그랬거나
당했을지 모를 그것

그렇거나 말거나 지금 행복하면
지난 것은 모두 덮어지거나 지워지는
이상한 지우개

하지만 어떻게든 죽음만이 지울 수 있는
생의 음각

너는 항상 모의시험처럼 불쑥 찾아온다

어느 여자에 관한 인문학적 고뇌

봄풀 같은 그대여

추상적 숲만 무성하게 높이 솟아올라 있을 뿐
사랑에 관한 내 후각이 예민하지 못해
불안정한 음정으로 소리 내던 내 삶의 엇박자가
제식훈련을 반복할 즈음

미래가 숨을 거둘 것 같던 어느 날로부터
그대에게 덜컥 결박되는 순간

난생처음 물건을 훔쳤을 때의 그 울렁거림으로
나는 내 전생까지 배신했다

그렇다고 도랑물에 떠내려가는 이파리처럼
내 생의 현실적 고뇌마저 무임승차시켜
그대 삶에 얹혀가거나 그대에게 영 맞지 않는
현실이라는 갑옷을 억지로 입히고 싶지는 않다

인연의 정물화에 은연중 삽입된 여자여
미래로 가는 봄을 포기했던 내 생의 겨울 목에
그대는 어쩌다 나와 마주쳐

아무런 의심도 없이
흐리고 먼 길을 바라보게 하는가

산다는 것은

산다는 것은

손바닥 한 뼘 새길 수 없는 허공에 매달려
오직 뜨거운 열정 하나로 눈물 꽃피워

먼 훗날
누군가의 가슴에 희망을 모종하는 일이다

내 곁에 머물다 떠나는 것들에게

등 떠미는 바람도 없는데
어느 한 공간에 머물렀던 이야기를 안고
혼자 흔들리다 사그라드는 촛불처럼

변방의 그늘에서 피었던 꽃 슬픔 따위 그만
덮어지고 지워지라고 내리는 눈처럼

산기슭 겨울 안개들이
햇살의 권유로 서둘러 이민을 떠나듯
이 모든 것 어느 땐가는 모두 하얗게 될 텐데

살면서 얽히고설키던 그리움의 엉겅퀴들
한 뼘의 간격조차 떨어질까 두려워하던
그 한 뼘의 시절들이
지금은 왜 이다지도 아득해졌는지

이쯤 너를 위해 쓰던 일기를 멈추고
불안의 짐짝들에게 편지를 쓴다

창밖을 배회하던 따뜻한 꽃잎들아
밤보다 더 까맣게 탔던 열망의 시간들아
함께여서 유난히 반짝이던 추억들아

농무의 한가운데에 서서 더듬거리듯
나 이제 문을 닫는다

너희 안에 등불처럼 환하게 켜져 있던
내 존재의 부재가 점차 뚜렷해져 가므로
어쩌면 지속적으로 남루해질
내 눈물의 안쓰러움을 위해서라도

이제 그만,
삼가 안녕의 명복을 빈다

파종이 안 된 추억 그 꽃 비린내

어지럽게 흩어진 침대 위 어느 날
잉걸불에 살을 태운 눈빛으로 초를 켜고
붉은 술 나누던 입술이 언제였던가 싶게

첩첩 쌓인 추억의 잎사귀들
가장 먼저 짓무른 잎새 다시 돋은 앞니로
콧잔등 시큰하게 깨물곤 하지

서로 오래 바라볼 꽃나무 되려면
손 닿지 않은 가지 사이로 흐르는 떨림
온몸으로 느껴야 하는데

몽환의 비현실적 금목서 향기처럼
기억의 행려가 아름답게 혹은, 뼈아프게
박제돼 머무르다 터지고 마르지

아, 제대로 파종을 거두지 못한 추억이란
언제나 빈 들녘에 버려진 풀 무더기

그리하여 더러는 바람보다 먼 소리로
때로는 저문 강물보다 깊어진 물소리로
진종일 상념의 꽃 비린내 나지

우수(憂愁)

과거사 어느 때로부터 가슴 깊이 스며든
음영 40%의 검은 눈동자

미소마저 축축하게 꽃그늘로 응결시키고
태연을 가장한
폭력 같은 무언의 비(悲)

땅을 여는 화신

피카소의 추상적 습(濕)이 와전된 듯한 풍경
겨울은 늘 그랬다

흐릿하게 회색 물감을 푼 하늘이 그렇고
계산된 붓질의 실수처럼
성성한 나목의 우듬지 갈퀴와 건조한 살결이 그렇다

하긴 렘브란트가 그려 놓은 청단풍 가을빛이
조금씩 허물을 벗으며
일찌감치 서편으로 몰려갈 때부터 알아봤다

하늘이 장난칠 리 만무다
그렇다고 땅이 무슨 장난을 치겠는가
어떤 추상적 특질을
구체화하거나 유형화시키는 것뿐이지

일컬어 화신(花信)이라고 했다
화신(神)이 화신(信)을 불러 화신(身)을 이룰 때
봄, 기꺼이 오는 것이다

피카소는 봄의 구체화를 위하여 비구상을 그려 놓곤
렘브란트에게 진작 양해를 구했을지 모른다

시인들은 늘 그저 입만 나불댄다

제주도로 간 친구에게

혼자 있는 마음이야 언제나 나무 녹병 무늬 같은 것
너무 외로워 말자
강물 따라 백혈병 무리 진 개망초 피고
고단하게 흐느적대며 생을 허무는 일몰처럼
일렁이는 대숲에 달빛 흔들릴 때
어리석었던 내 영혼 뒤로 새들은 가버리고
살아보겠다고 살아보겠다고
가녀린 수액의 통과의례를 넘기는 꽃들을 보았고
고속 열차처럼 숱하게 지나간 인연들을 만났고
차마 버릴 수 없어 지우지 못했던 삶
당대의 승차권을 얻어 한평생 살아오면서 이쯤
지상에서 피고 지는 것들과
별들이 함부로 죽지 않은 까닭을 알았으니
이제 슬퍼할 일도 없으리
아무도 찾지 않은 고생대의 숲처럼
내게 생애 대한 아무런 약속도 없고
부지불각 혼자 남은 이름
모든 것 지나온 날들의 편지 한 묶음이라 여기며
벌초 당한 들녘처럼 남길 것도 없지만
내 생 이승의 쑥고개 넘어 언젠가 작별을 고할 때
한 세상 떠돌다간 내 육신을 바라보며
세상의 누군가에게는
청옥 빛 하늘 같은 눈물 한 방울 남지 않으랴

81

글에게 전하는 말

네게 몸 박고 야멸차게 완전연소를 꿈꾸다
야멸차게 불완전 연소로 거듭 타버리는
나는 아프고

낯익어서 늘 익숙한 너를
일부러 낯설게 대하다
가끔은 너와 진한 쾌락에 빠져

눈 내리는 겨울
전깃줄에 앉아있는 까마귀들이
눈먼 내 눈에 낡은 악보로 보이는 것처럼

내 환각의 가치가
너의 세속에서 뚜벅뚜벅 걸어 나올 때

나는 분별없이 혼미해지고
너는 대책 없이 널브러지니

매춘부처럼 쾌락을 안기는 네가
서서히 내 목을 졸라 죽여도 나는 기꺼이
성스러운 죽음이라고 여기리

후회

생에서 가장 느린 완행열차

종착역에 도착하는 순간
자동으로 열리는 지옥문

악마 루시퍼도 제어하지 못할
회한의 불꽃 축제

둥근 호수

웅덩이와 빗물이 스미고 젖어
서로 몸 던져 물비늘로 지은 빙벽 같은 성곽

바람의 촉수에 종종 몸 긁히고
머물지 못할 물의 손금이 그 촉수에 밀려
느리게 날아가는 기러기 떼처럼 흐른다

평생 하늘을 보고 면벽하는 호수 곁에서
탯줄 같은 파스타를 토해내는 레스토랑이
가까운 능선의 유장한 만추가
저물어가는 숲 사이로 따뜻하게 스미는 불빛이

詩가 아프면
잠깐 글의 무능을 내려놓고

삭제 수정을 되새김질하는 뇌의 방
연이네 게스트 하우스를 툭툭 털고 나서란다

귀가 날짜를 서두르지 않는 중늙은이와
얼굴에 묻은 세월을 립스틱으로 조금 가린 여인이
익숙하지 않은 팔짱을 끼고
익숙하지 않은 수줍음을 엷은 미소로 감출 때

안개 씨 같은 여우비가
사슴의 눈동자로 맺힌 호수 난간에
그날의 인연 한 잎 새긴다

붉어진 그녀의 가슴속엔
얼마만큼의 외로움이 들어있을까

그 흔하디흔한 가을 새와 작별하는 대신
흔하지 않아 떠나지 못할 그 기억을 보듬으며

잠시 내려놓았던
글의 무능을 다시 추스른다

음표

뇌파의 자궁에서 착상된 음계의 수정란

동일 선상 혹은 간발의 차이로
점액질 다섯 줄에 몸통 붙이고
생사의 등고선을 넘나드는 소리의 화자

더러 겹꽃으로 현현하여
때로는 활짝 핀 지상의 전설로 떠돌거나

건조대에 걸린 채 평생 팔리지 않은 생선처럼
쉼표도 못 되고 되돌이하러 가는 생

일시적 추락은 있어도 결코 사망이 없음으로
묘비명 또한 없는 생

그러나 세상에 남겨진 모든 악보는
언제나 너의 묘비명

귀밑머리 예쁜 누이처럼

무엇인가에 끝끝내 몸 닿고 싶었던
들의 손끝 산의 발끝
미처 다 추스르지 못한 겨울의 잔뼈들

겨우내 앙상한 가슴 풀어헤치고
힘들게 앉아 떨던 초록의 슬하였다

하늘이 찢긴 듯 떠다니던 구름 몇 장
그 먼 끝 형형한 시선으로
오직 연둣빛 술잔의 눈금만 보았다

혹한 세월 이리저리 마음 다쳐
그만 주저앉고 싶었던 시간

어느 날의 바람결 따라 무심 무심
홀연 사라졌던 미성년의 가지였던 그러나

귀밑머리 닳도록 예쁜 누이처럼
천연 에메랄드 거품인 양
옷고름 풀고 다시 눈 맞추러 왔다

어느 날은 꽃 계곡 그늘에 놓일망정
제 생의 무덤까지 머리에 이고
흐드러지게 배설하는 저 봄 햇살 보라고

통일

이념의 씨실과 날실이
동일한 염원의 마침표가 찍힐 때까지
쉼 없이 써 가는 산문

홑청만 남기고 떠나는 계절

밤새 쌓였던 도시의 쓰레기들이 말끔하게 치워진 아침이면 오히려 거리의 구도가 낯설게 느껴지듯 삶은 곧잘 처음 보는 그림처럼 다가왔다 바람 소리보다 먼 시간을 따라가거나 사위어가는 세월을 바라보며 나는 더러 삶의 결로부터 일방적으로 버림받는 느낌이었다 비와 햇살은 언제나 세월의 한때를 아낌없이 내 어깨에 몸 바치러 오고 홑청만 남긴 계절이 떠날 무렵이면, 내 삶이 조금이라도 가벼워질까 싶어 짊어진 생의 등짐을 운명의 길섶에 하나씩 부려 놓고 팻말처럼 세워두었다 돌이켜보니 원래 짐은 없었던 것이다 만들다 보니 무거웠고 무겁다 보니 이젠 버거워 내려놓고 싶은 것이었다 삶이 그랬고 인생이 그랬던 것이다 자성의 말뚝으로 삼았던 팻말 등짐, 별리를 고하는 계절에 홑청 한 장 더 얹어 이젠 확실히 짐 하나 싸서 버려야겠다

자화상

낮선 세상을 보기 위해 새들은 매번
거처를 옮기는 것일까
새들에게 마지막 변방이란 없다

독수리 발은 늘 물음표다

차오를수록 달의 뒷면이 궁금해지는 것처럼
바람에게 묻는다

무엇을 움켜쥐어야 하냐고

바람을 가르는 적막의 심지가
발톱 위에 돋는다

부풀린 횡격막 사이로
사라지지 않는 방랑의 무게를 가늠할 때
바야흐로 힘차게 날개를 편다

하 많은 역마살의 화두가
비좁은 속내를 들킨 독설을 뿜는다

저 허공이 다 너의 것이니라
그러므로 네가 쥐는 모든 것들은
곧 있는 것이며
곧 없는 것이니라

독수리는 마를 눈물이 없다

눈물이 생기기 전 바람이 모두 씻어 가서
그리하여 눈이 너무 맑아져서
그리하여 세상이 너무 잘 보여서

생애가 아프고 슬프다

3부 /

.... 제법 걸었다

일찍 죽기 아깝다고 생각했던
열한시 같은 어느 한때의 모호한 시절보다
생애가 조금 더 부끄러워졌다

시침(詩針)

지상의 모든 시침이 노역을 잊은 채
눈물을 적시며 돌아간다는 사실을 인지한 후
날마다 스물네 장의 부적을 배포하면서
운명이라는 프레임을 씌운다는 것을 알았다

남은 생의 윤곽선을 따라나서며
늘 꽃이라 부르고 싶은 시간이지만

아주 멀리 가버려 화석이 된 시간조차
지금까지 시침이 뿌린 부적은 전혀
귀책사유가 없다는 것을 증언이라도 하듯
가끔 베토벤의 운명을 들려주곤 하였다

가장 뜨거운 경지의 온도란
제 몸을 바쳐 몰아의 선에서 흰빛을 내는 것

시침은 매번 그렇게 타버렸고
나는 그것을 태우는 화부에 지나지 않았다

삶의 원시림에서 한 번씩 빠져나와
매번 오체 투지하는 나 자신을 발견하듯이
노역이 쌓이는 공간은 오히려 내 몸 안이었다

시침은 늘 전지적일 수밖에 없었다

나목

제 품 안의 모든 슬픈 가지를 숨기고
잠시 늦출 수는 있어도
더는 숨길 수 없는 외연이 무너질 때

비로소 온몸 풀어헤쳐 선연히 드러내는
뼈대

종이로 만든 꽃

매일 부활을 꿈꾸며 뜨겁게 달궈지는 것들
버려진 나무젓가락으로 땅바닥에 글을 썼더니
나무젓가락이 숨을 쉰다

별 죄책감 없이 타인의 생애를 후비던 내 비늘이
되려 내 삶의 여린 부위를 꿰뚫고 들어올 때,
소멸의 모든 허(虛)가 점멸한 가운데
어머니 뒷모습에서 읽은 세월이 겹꽃으로 필 때,
붉은 액과 보다 더 붉고 묽은 상처 주고받으며
꿈꾸던 미망의 실타래 함부로 엉킬 때

일회용 반창고를 덕지덕지 붙이곤
생애를 처음 만든 조화옹에게 편지를 쓴다
(환상 통은 이제 지쳤고 성장통도 이제는 싫어요
원하는 것은 환생이에요)

한 땀의 미망은 도대체 얼마쯤 눈물을 흘려야
비로소 새길 수 있는 문양이 될까
천상의 꽃 백련화는 나무껍질로 만들었다지

이 느닷없는 환생, 눈물 갖고만 될 문양이 아닌
닥나무 껍질이 제 생애를 버리고 종이가 되듯이
버려져 다시 숨 쉬는 저 나무젓가락처럼
환생이란 모든 미망을 버릴 때나 가능한 일인 듯

아란야(阿蘭若)를 부르리

생이 허구라는 것을 잊지 않기 위해
어둠 속에서 소리 없이 울어 본 사람은 안다
백설기 같은 하얀 겨울이
때로는 다친 곳을 감싸주는 흰 천이라는 것을

잘려 나간 신체를 기억하는 뇌처럼
꽃 매무새 여민 오월의 환상 통
한창 무성했던 봄꽃 소식 뒤로하고
새로운 세상을 보여주고 싶었으리

오월의 애도가 끝나기도 전에 도착한
초여름 신열에 불긋해진 몸살 탓일까
평소 무심하게 보았던 어떤 풍경이
평생 지워지지 않을 아픔으로 남을 수 있다더니
봄날이 가는 동안 나는 아팠다

생의 혹독함이 쓸쓸함을 불러일으킬 때
산 승이 아란야(阿蘭若)를 노래하듯
아니 온 것처럼 가볍게 떠날 수도 있으련만

봄은 그렇게
너무 많이 풀어 더는 풀 것이 없다는 듯
내게 어떤 아픈 풍경 하나 남겨두고
푸른 빙벽 하늘 먼 시선으로 날아갔다

못다 한 사랑 못다 한 것들이 많아도

속도 제한에 아무런 귀책사유도 없이
어느 날 불쑥 찾아온 이별

사랑의 이름으로 주고받았던
모든 안팎의 상처 들키기 싫어 초목의 맹목처럼
그동안 나를 불러 세웠던 추억의 그라피티

내 슬픔의 무게만큼 눈물짓누나

나답고 너다워야 한다는
그 면책 특권을 부여한 묵시적 동의는
대체 어디서 기인했던 것일까

한 시절의 아침이 또 다른 아침을 맞이하여도
헤어짐을 강요받은 이 계절이 미워져
내 잠 속에 내리는 비조차
그대 떠난 발자국 아주 없어지라고 눈물짓누나

아프지 않은 사랑은 사랑이 아니었음도
못다 한 사랑은 못다 한 것들이 많아도
사랑은 그런 것들과 상관없이 멀리멀리 흘러가고

이별 뒤에 남을 생애의 모든 슬픔
울어서 물에 잠길 한 세월 건너가리

낱말 하나 던지기

잘 빚어진 봄이 제 삶 이전에 결정된
호사가 눈빛 같은 여름을 보내고
어쨌거나 파종을 훈계하는 가을이
마침내 번성했던 문명을 불모지로
봄 정신을 기록하기 위한 몸 털기
나목으로 짠 옷 달랑 걸친 겨울을 만날 때
물빛 처연하게 들리는 바리톤 음성

그래, 봄아
너는 어미다

열망

처음 눈빛으로 돌아가 보면
너는 항상 내 환상이 빚어낸 아픔

익숙한 얼굴임에도
올 때마다 늘 마음 설레게 하는
낯선 여인처럼

어디에서도 온 바 없고
어디에도 핀 바 없는
검푸른 꽃이라 말하지 마라

누가 물어도
도무지 미워할 거 같지 않은
그 배역을 위해

투신율보다 사망률 높은
이상한 내 어리석음조차
임종을 준비할 그날

풀 끝혜 이슬처럼
햇살로 도금한 아침을 부르리

날마다 온밤을 지새워도

삶, 곳곳

생의 자음과 모음이 쌓이는 것에 대하여
몸 깊은 곳 어디에든 슬픈 나무 냄새가
더는 쌓여가지 않기를 바라는 마음으로

노폐물만 고인 내 안에
어느 날은 내 몸의 어느 구석 지층을 딛고
새롭게 필 어린 봄나무 한 그루 심곤 한다

그러나 어쩐지 늘 고단한 내 세월은
양극 가운데 한쪽 극만 방전되는 느낌이다

용이나 써보고 죽자는 심사도 아닌데
진열장에 놓여있던 결과물들은
어떤 놈이 훔쳐 가는지 늘 잘도 사라진다

가로되, 왈, 하는 자들의
때와 시절과 운명이라는 단어로 펼치는
그 흔해 빠진 설(舌)과 서(書)

마침내 그것마저 누가 먼저 뜯어먹는지
밤이면 박쥐처럼 매달려 자거나
말처럼 서서 자고

나는 항상 너무 늦게
어떤 세계의 숲인지 알아내는 일에 다시 빠져든다

아, 빌어먹을 생이여

어찌 된 영문인지 눈 뜨자마자 너는 항상
재빠르게 달그락달그락
저녁 설거지 소리만 들려주는구나

지상의 지붕들

먼지와 세월의 녹물이 상어 껍질처럼 붙은
지상의 등짝들
날아다니는 것들의 배설물은 덤으로 얻는 부직포다

간유리 닮은 달빛 아래
동짓달에도 꽃향기 진동할 애틋한 몸짓으로
한 땀 한 땀 약속의 옷깃을 꿰매는 사람들처럼

좁은 숨구멍으로 숨 쉬는 잎사귀마다
껍질 벗듯 수런대는 욕망을 다독이느라 피곤했던
고단하고 고단할
숲

아주 느린 정맥으로 속을 헤집는
몸속의 뜨거운 불덩이 지그시 누른 사막처럼

격렬하게 피고 지는 것만이 능사인 숲들을 껴안은 채
오래전부터 지형의 성곽을 지탱하고
땅의 약속을 지켜온
산맥

물 숲을 이루는 수증기 군단의 올무가
모든 잉태의 탯줄 같은 외올실처럼

출렁이다 출렁이다 문명이 다하면
노숙을 하던 파도조차
육지와 바위 귀에 거대한 물렁뼈를 남김없이 털어버릴
바다

저 높고 낮은 지붕, 지붕, 지붕들 위로
황금 적삼으로 느리게 움트는 빛들이
조심스럽게 블라인드 커튼을 한 칸씩 올리는 그 시각

밤새 찬 공기에 움츠렸던 언 등을 펴고
천주의 하명을 받드는 지붕들의 첫 일과란

곤히 잠든 별들이 깨지 않도록
바람의 잔기침을 먼저 몸으로 맞이하는 일

가을 수풀

야윈 손가락 사이사이 헤집는
청잣빛 햇살 한 스푼

타는 몸 허기진 마음
먼 그리움 향한 절절한 손짓

망각

바람 든 석고 물 스미듯
견고했던 기억의 격자에 곰팡이가 피는 것이다

꿈의 빛 점들이 한 삶을 거치는 동안
거센 폭풍에 맞서는 낙엽처럼

기억은

필사적으로 몸부림치다 떨어지는 게 아니라
기억의 분자가 시간에 녹아 스스로 풀어지는 것이다

풀어지고 풀어지다 더는 풀어질 유골이 없을 때
망각의 나루터가 있다는 사실을
문득 인지하는 것이다

기억이여
그러므로 너무 애쓰지 마라

너의 생이 이미 강을 건너
다시 돌아올 수 있는 길마저 모두 흘러가는 것이므로
몸속에 자디잔 가시처럼 박혔던 욕망들이
더 이상은 신파극을 펼칠 수 없는 것이다

성층권 밖 먼 광년의 옷자락으로 떠도는 것이다

시인과 화가와 여자

단골 시인이 요즘 묵언 수행 중이라고 썼다
평소 입 걸걸한 포장마차 여자가
아가리 묵념 중이겠지, 라며 중얼거렸다

"나는 알고 있다, 씨부리지 마라"
곁에 있던 화가가 사뭇 근엄한 어조로 말했다
입 걸걸한 예의 여자가 개뿔!
쥐뿔도 모르면서 뭘 안다누, 라며 중얼거렸다

시인과 화가는 그 자리에서
여자의 개뿔과 쥐뿔로 즉결 처분당했다

디지털 폐인들이 득시글 대는 이 시대에
풀꽃처럼 살겠노라며 세상과 맞짱 뜨는 여자
끈질기게 생의 바퀴를 굴리는 여자

술꾼 오장 육부를 의당 숙취로 세척하는 아침
시인과 화가가 시체처럼 널브러져 있을 때
머리에 설화가 만발한 여자는
평소처럼 오늘도 담배 연기를 길게 뿜었다

부산역에서 포장마차를 하는
머리에 설화가 만발한 여자는 늘상 그랬다

낙엽이 떨어지는 소리

적갈색 음영 드리우고
최초의 연둣빛이 그리워 그리워
홀로 순수해지는 말투

호수가 되었습니다

나는 빈 들녘에 길게 누운 저녁연기

노을에 물든 주홍빛 유리 같은 것이었다가
낙숫물처럼 떨어지는 천상의 눈물로 자라나
호수가 되었습니다

가끔 하늘 모서리에 앉아
깜박 졸다 깨어나 요강에 오줌이나 갈기는
흐릿한 구름 같은 것이었는데

떨리는 심장이었다가 온유한 심장이 되기까지
별들이 흘리는 땀방울로 자라나
호수가 되었습니다

수면 위로 떠 오른 밤의 검은 몸뚱이에
들어본 적 없는 이 지상 저 하늘 노래 마디마디
알 수 없는 중력으로 새겨지는 달과 별처럼

흩어진 계절의 창들이 깨졌다가 다시 모이는
호수가 되었습니다

지워지면 생겨나는 여러 가지 죽음이
종종 내게 투신해 왔습니다

아침, 낮, 밤이 저무는 것은 그렇다고 쳐도
사랑이 죽고 이별이 죽을 땐
미래마저 투신케 하는 일임을 알았습니다

그럴 때마다 지상의 잎들은 더욱더 검어지고
서툰 언어를 걸러 맑은 입술이 된 지금

누군가에겐 옛 추억의 종착지나 다름없거나
어떤 이에겐 추억의 시발점이 될 나는
호수입니다

시간의 점토

내가 보는 새벽은 거의 늘 창문 크기지요

미역 빛으로 물든 새벽을
검정 수세미에 달 가루가 묻은 거라고
언젠가 일기에 썼던 기억이 나요

그런데 오늘 창문에서 새벽을 떼 내
책상에 놓고 자세히 들여다보니
그것은 달 가루가 아니고 아직 익지 않은 별들이
시간의 점토에 촘촘히 박혀 있더라고요

그것들은 막대한 유산을 안은 채
어떤 조각가의 손길을 기다리고 있거나
어느 쪽에서든 처음과 끝 별인 것들이
서로 줄 긋기와 당기기를 하며
꼬물꼬물 새벽을 편찬하고 있었어요

오늘은 희미한 별 몇 개쯤
손으로 문질러 광을 냈다고 적어두렵니다

아 참, 그리고
떼 낸 새벽을 도로 창문에 끼워 넣을 때
보름달이 왜 주기적으로
손톱을 깎는지도 알았답니다

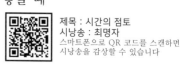

제목 : 시간의 점토
시낭송 : 최명자
스마트폰으로 QR 코드를 스캔하면
시낭송을 감상할 수 있습니다

계절이 모질게 이별하는 법

담벼락을 집어삼킨 담쟁이넝쿨처럼 말한다

아무도 허물지 않았다며
허물었다고 말하는 것은 곧 질투라며

변명을 위한 옹색한 자의 소회처럼
생에 대한 관성의 열역학적 손바닥을 펼쳐놓곤
기어이 끝물의 부패마저 부른 뒤
결국 시효가 없는 그리움 하나 달랑 남겨둔 채

지상이 필요한
모든 냄새와 어휘마저 독하게 챙겨가는

꽃비

떨어지는 것은 감성
줍는 것은 현실

바람에 날리우는 저마다의 이데아

지상의 변기

술자리에서 누군가 습관적으로
거나해진 취기에 불쑥불쑥 술잔을 내밀 때
미세하게 흐르는 수많은 감정의 결 사이로
일방적인 것에 대한 묘한 반감의 전류가 흐른다

통(通)은 사실 결이 어긋나는 것이 두려워
높고 낮게 빠르고 느리기를 조율하지만
아, 그런데 즐겁게 밥을 먹으면서도 몰랐던 것을
섹스를 할 때 비로소 나는
대책 없이 통의 이치를 깨닫곤 하는데

그러니까 통은 일단 눈물까지 명랑해야 하고
유물론 유심론 따위는 개나 줘버리고
사는 것이 맛문하여 전생까지 뒤숭숭한 날
분하게 생긴 여자가 이뻐 보일 때까지 술이 술을 먹듯
흔들림 없이 획일적이어야 하는 것이다

먼동이 성찬을 이루려면
추방된 별들조차 평화롭게 밤 사다리를 건너야
비로소 막힘이 없는 통을 이루듯

지상의 모든 변기와 소통하는 정화조처럼
나도 늘 시원하게 똥을 쌀 수 있으면 좋겠다

글의 집 한 채

　늘 불규칙한 윤리와 충분히 아플 만큼의 둔중한 언어폭력과 한없이 따뜻한 너의 다중적인 그림자로 나는 조금씩 내 글의 복심을 채운다 이따금 소문으로 떠돌던 너의 흔적들이 지도에도 없는 바다를 건너 닻을 내렸다가 건널 수 있는 최대치 이별을 향해 가도 무수한 세상이 빈번히 들었다 나가는 집, 들어가면 결코 나가지 않겠다는 일념으로 그 안에서 부들부들 떠는 동안 사람들이 저마다 빈 집이라고 부를 때 누군가 나보다 먼저 침입해 눈물을 흘리고 있다면 필경 너의 폭력에 주저흔(躊躇痕)을 남기는 게 아닐까 되짚어 봄 직한, 이 빈집을 향해 사람들은 마침내 흉가라고 부를지 모른다 그러므로 아무것도 짓지 못했는데도 다 지었다고 말하는 것은 지독한 왜곡과 질투라고밖에 할 수 없다 부끄러워도 정작 내가 도망가지 않는 이유는 너에 대한 예의라기보다 어렴풋이, 허황된 오기와 알량한 내 자존심 때문이다 어쩌면 너는 처음부터 어떤 집이 아니라 병명을 알 수 없는 유전적 기저질환이었는지 모른다

계산 착오

겨울이 여기저기 빈 곳을 들추고 들어가
밤새도록 고픈 사랑을 심는다

그 세계 그토록 하나인 듯하면서도
이 숲 저 숲, 봄 그물 깁는다고
서로 불편한 심사를 목격했을 때

차라리 속 시원하게 제 삶 턴 가을이 부러워
은근 분해지는 겨울

계련(係戀)

언제나 눈동자보다 먼저
초정밀 화소로 가슴에 찍혔던 추억들이
아주 서럽게 나를 바라보았다

언젠가 직립할 곳이 없어
쓰러질 듯 내 해안선에 닻을 내렸던 그대여
몇 번쯤 늦봄의 입술과 초가을 눈동자를 보며
가슴 밑바닥 깊은 물길을 열었다

당신을, 단신으로 발음하는 어린아이처럼
깁기 어려운 기형의 이음새들조차
오직 사랑이라는 단백질로 박음질했던
눈부신 날들이 매번 갓 돋은 깃털을 파닥이며
불면을 덮어주는 큰 저림으로 지나갔다
아, 그러나 지나갔다는 것은
불과 얼마 전의 기억들조차 스스로
제 운명을 짓밟고야 마는 운명 같은 것

한 사람 이름만 덩그러니 남겨둔 채
눈물로 열렸던 길 모두 닫아버린 추억이
멀지 않은 길 위에서 내게 물었다

당신은 지금 왜 여기에서 서성이느냐고
그 이름 끝내 잊을 수 있겠느냐고

나는 죽지 않고 거듭 피어나는

한 판 춤 펼치다 바람에 실려 어디론가
흔적 없이 사라져가는 안개처럼 나는
부스러기 같은 빛 오라기 따위에도 종종 다친다

겨울이 와야 비로소 몸으로 눕는 인연

한층 가볍고 유려한 몸짓으로
아무도 기억하지 않는 풀벌레처럼 날다가 녹다가
세상의 눈물이 된다

껍질 없이 변태를 거친 투명한 육신이
강물이 되어 바다로 흘러가는 피안

그러므로 그 어떠한 절망도
내게 함부로 이름 들이대지 못한다

겨울이면 언제든 피어날 수 있는 희망

육지에 닿기 전 모래에 스며드는 강물처럼
거듭 명멸하는 나는

눈꽃이다

연화리에서

바람의 내장마저 들켜버릴 것 같은 노란 햇살

날마다 끊임없는 다림질로
풀 언저리 낭창대는 아지랑이 결마저
걷어가는 나날

사랑할 수 있어서 무척 고맙기만 한
연둣빛 종교다

나목의 처녀 몸살까지 곁들여 앓던 겨울

이 땅 어느 곳이든 그 몸살 고스란히 끌어안고
눈빛 초롱 한 지금
세상마저 바꾼 봄풀 소리 그저 눈물겹다

어느 한순간이라도 그 몸짓 놓치고 싶지 않아서
떨어져서는 안될 슬픔이 설령
연분홍 저고리의 아픔으로 남을지라도

결코 세상이 두렵지 않노라며 다시 오기까지
조만간 떠나는 길 끝에 서서 나는
눈시울 뜨겁게 봄을 배웅할 것이다

제목 : 연화리에서
시낭송 : 박영애
스마트폰으로 QR 코드를 스캔하면
시낭송을 감상할 수 있습니다

홍등가

수천 년 득도한 후에라도
저문 길 서두르듯 몸 굴릴
적(赤) 빛 거리

하룻밤 풋사랑 장터

허수아비

한낮 한밤의 수런거림을 뱃속에 넣어두고
언제나 묵언으로 세상을 관조하는
붙박이 직립원인

풍찬노숙의 사나운 꼴에 몸이 뒤틀려도
무수한 햇살을 뚫고 지나
한때 황금 숨결을 부려놓았던 볏짚 인간

그래 이카로스 시간표 안에 갇힌 너는 지금
뭔가 모르게 몹시 힘들 거야
평생 직립으로 보내야 할 운명보다
이해하기 힘든 너의 창조주 때문에

세상은 뭐고 인생은 또 뭐지요
집이 뭐고 가족이 뭔데요

갑자기 메아리보다 긴 공허함이 밀려온다

생,
그렇더라

합리적인 내 믿음이 진실일 때가 있고
때론 비합리적인 내 믿음이 진실일 때도 있지

에필로그 없는 미망의 사막들
되돌아보면 다 미성년인 것들
오른 것도 이룬 것도
죽음보다 깊은 잠 속에서나 알아차릴 신기루

인간을 만든 신이 그동안 왜
그 어떠한 기도에도 응답이 없었는지
조금은 알 것 같더라

가을의 녹턴

알 듯 모를 듯한 눈물 한 올 안고
이 계절 처연하게 떨어지는 것들

술잔을 높이 들 때마다
조금씩 비워지는 술병처럼
저마다 언어를 하나씩 비워가며
쓸쓸하게 낙하하고 있다

계절이 깊어갈수록
바람과 갈잎의 술래잡기 행간에
눈곱 짓무른 그리움

캄캄한 밤 하늘에도 곧
근막 같은 서리가 낄 것이다

추락하는 것은 늘 외로운 혼잣말

갈 때쯤 되고 보니
비로소 알 수 있는 언어

그러나 막상 표현할 길이 막막한
아, 가을의 녹턴이여

환기구 속 와전

금연 스티커가 붙은 낡은 환기구 속으로
높바람 탄 몇 번의 노을과 새벽이 빨려 들어가더니
불현듯 가을이 갔다

현실 일각에 박힌 진실 같은 생의 허구들이
또 다른 침입을 부르고
자신의 내부에서 길 잃은 별들의 회한이
돌연 참을 수 없는 울음을 삼키는 동안
아무것도 폐허가 된 것은 없는데
폐허가 됐다는 것은 오해라고 말하듯
세상을 떠돌던 회한의 자서들이 소리 없이 아물 때

몇 번의 비가 내리고 땅 지핀 꽃들이 사라지더니
어느 날 다시 찾은 낡은 환기구 뒤로
진즉 겨울이 와 있었다

품

어느 한 시절까지 나는
내가 세상을 품고 있는 줄 알았다

그러나 다시 어느 한 시절에 이르자
세상이 나를 품고 있다는 사실을
문득 깨달았다

사추(思秋)

스러져 간 꽃말들 가슴에 안고
가을은 그리움이 무거울
귀뚜리의 더듬이로 여름을 노래하겠지

세월은 그렇게 가는 거라고
겨울은 우우 울며 중풍 들겠지

가려거든 그냥 낙엽처럼 떠나려무나

내 가슴 밑바닥 애상의 물빛
이미 차고 넘치거늘
얼마큼 슬픔이 고여야 눈물로 보이겠느냐

그리움의 끝이란 결국
내 마음의 끝이라야 하는 법

내가 사랑한 깊이만큼
나는 널 아직 보내지 못하였으므로

너는 만추가 아니라
내게 다가와 처음으로 물들던 잎새처럼
여전히 내 가슴 한복판 가을 사춘기

시계 골목 단골

나이를 가늠할 수 없는 시침의 좌표들이
오늘도 세월의 막창 속으로 강물처럼 흐른다

시침이 되려면 시계 골목 안은 대체로
초침의 발효와 분침의 숙성이 필요했으리

그것들은 시침의 잔기침으로 근육을 키운
생성과 소멸의 씨앗들

저물어버리는 지상의 모든 생이
한 번에 정해지는 법 없이 살다 간다는 것을
알고 있는 듯하다

한낮의 소란스러움보다 소리 없이 오가는
침(針)의 정령들이 더 많았을 골목

매일 출퇴근하듯 골목을 누비는 사내는
늘 한 줌의 봄을 호주머니 속에 넣고 다닌다
니코틴이 묻은 것처럼 그의 손에서는 항상
냉이와 달래 냄새가 난다

여름 가을 겨울 왕국들이 오갈 때마다
흙의 울음이 복제된다는 사실을 안 뒤로부터
습관적으로 그 냄새를 손에 묻힌다

그러니까 여름이 가고 가을이 가고 겨울이 가도
사내의 호주머니 속엔 늘 똬리를 튼
봄이 들어있는 것이다

사내는 공복처럼 느끼곤 한다

생이란 햇빛에 어른대는 물 그림자처럼
느리고 질긴 힘이라는 것을
시계 골목이 그렇게 말해주고 있다는 것을

너무 검붉어 아픈

조금은 식어버린 화냥의 살 내음으로
목숨 다하여 붉은 단청 홑이불 펴는 들녘

갱년기 몸태로 결연하게
온통 이승의 군불을 지핀다

제 동공 안의 슬픔을 외면하고
어디에서도 죽을 곳이 없는 것처럼

시월이 지상의 전부를 넘는다

풀 비린내 활활 풍기던 여름은
지상의 미궁 속까지 꾹꾹 상처를 남겼을까

이렇게 꽃 지는 나날들의 잎들은
어느 곳에서든 화현을 꿈꾸었을까

원시적 매춘의 바람에 떠밀린
길거리 갈잎의 행간을 읽을 수 없어

시월이 타다 만 사랑처럼 검붉고 아프다

햇살

천상의 허공에서
아무렇게나 펼쳐도 그물이 되는
유정의 힘

헤아릴 수 없는 섬세한 근육으로
온 지상을 감식하는
관음의 열꽃

순정 4막

그 어떠한 조소도 보낼 수 없는 정직한 언어로
내 안의 물낯이 나를 때려
눈물 낭(囊) 마를 때까지
언제나 꽃 피는 날들의 음성이 되어주기를
생애를 만든 이에게
날마다 쓰는 순진한 편지

1 막이 열리는 동안

한 사람 때문에
선이 없던 뇌 속에 분별과 구획의 발톱이 돋아나
알 수 없는 허기와 결핍에 긁혀도

뇌의 여백에 문양처럼 새긴
사랑을 믿다, 에서 사랑이라는 명사보다
믿다, 라는 타동사에 더 믿음을 심어주던 노래

내치진 말아 주세요
나는 당신 몸이에요

2 막은 그렇게

한 사람 때문에 움직이지 못하고
한 사람 때문에 약속하고
한 사람 때문에 바보가 되어

쇠락한 약속의 체취라도 있을 거라 굳게 믿고
미래 따위 응답 따위 삼켜버린 노래로
여기서 흘러 먼 날이 되고 아주 먼 날이 되어도
추억의 하구에서 무반주 첼로로 울려 퍼질

3 막은

사랑을 믿는다는 것에
진정 목숨 다하여 거둘만한 안팎인 것처럼
자기 농(膿)에 젖어 조금씩 꺼져가는 촛불처럼
흰 재만 남기고 오롯이 타버리는 종이꽃처럼
오직 처음과 마지막이 너라는 대륙일 뿐

진실과 위선이 응결된 골짜기 따위 별로 중요치 않을

4 막에 이르러

어느 한끝으로부터 잔인하게 짓밟힌 다른 끝이
더럽게 슬프고 무거운 눈빛으로 자신을 바라보는

모노드라마

4부 /

.... 어렴풋이 알았다

실패하는 꿈이 오랫동안 내 몸을
숙주로 삼고 있었다는 것을
그리하여 남김없이 태워야 한다는 것도

바람, 저 미적분의 시간

제 생에 한 가지라도 부려 놓을 짐 없는 그는
어디로든 날아가 시공간을 초월하는
광대무변의 배후

눈 부신 빛 격랑마저 삼킬 땐
명도마저 흡수한 옷 벗어던지고
투명한 뼛조각을 드러낸 채
제 울타리에서도 숨을 멈추지 않는다

그의 잔기침을 자주 듣다 보면
그 속에 높고 낮은 구릉과 거대한 산맥이
똬리를 틀고 앉아있음을 느낀다

그가 쓸어안고 다니는 저 미적분의 시간들
태허의 음계를 안고 떠다니는 저 원초의 소리들

물이 없으면 존재할 이유가 없는 아가미처럼
허공에 그의 꿈틀거림이 없었다면
이 지상에 과연 날개가 필요했을까

그는 존재하는 모든 도형을 품고
결연한 표정으로 언제나 마지막처럼 갔다가
그간 이바지한 노역들을 뒤로하고
늘 처음처럼 온다

겨울에서 봄

한 번 마주치고
메트로놈 뒤로 사라졌던
등고선의 피, 피, 피들

이승에서 내생을 일깨우는
땅의 육 보시(肉布施)

강물

축조 밑에 얽어 짜인 침묵들이 늙은 이끼 걸치고
무엇에도 흔들리지 않겠다는
느긋한 시선과 자적의 표정으로 앉아있는

물비늘 산맥

씨줄과 날줄로 마감질 하는 침묵의 직조
풀 넝쿨과 모래 속을 드나들며 한 번씩 숨 고른다

제 몸에 닿는 바람의 숨결로 때로는
잔잔하게 주름 꽃피우지만
투명하게 흐르는 살결은 여닫이가 없이

탁 트인 사방 문

해 질 녘 춘화처럼 번지는 낙조를 품에 새기고
낮과 밤이면 햇빛과 달빛으로 아롱대는 문신
물에 젖은 생 일각일각을 말려가며 왔을

빛의 증거들

쉽게 측정할 수 없는 지상의 말간 시선 안고
오늘도 시종이 여일하게 은빛 머릿결 뒤척이며
물 음계 따라 자족이 흘러간다

바람이 우는 이유

빚 받으러 온 여자처럼
심심치 않게 머리채 잡고 나무숲 흔드는
손

거대한 물 뼈에 들숨 날숨 채찍 휘둘러
바다조차 역마살로 둥둥 떠다니게 하는
이

능숙한 애무 낯선 쾌락처럼
알몸으로 뒹구는 남녀 사타구니까지 핥는
천하의 잡놈

보이지 않는 투명한 막으로 지상을 투사하고
한 번도 느껴본 적 없는 부드러운 살결이었다가
된기침 한 번으로 순식간 문명까지 파괴하는
폭군

갯벌의 틈으로부터
행성과 은하계 사이의 간격까지 모든 틈이
그의 숨구멍이다

비발디가 한 수 배웠을 그곳에선 소리가 난다
악기가 되고 합창이 되고
세상의 음계가 된다

흑암이 혼돈한 태초를 보고 빛이 있으라 하메
궁창에 거했던 조화옹이 깜박했던 것일까
그는 아직도 마침표를 찍지 못했나 보다

오늘도 그가 우는 이유는
득음을 위한 일

그대 이름 언저리 노을이 물들 때

수차례 무너지고 거듭 허물어져도
삶을 짓겠다는 집요한 기억으로 삶을 짓는 것은
서글픈 통속의 유희가 아니라
이승과 내생까지 모질게 버리고야 말겠는 의지

날마다 그 의지 버림받는 나날들이 오가고
세월의 행간마다 닦달을 해대는 생의 사포질에도
염려와 고통을 무통증으로 견뎌내는 겹눈이 있었다

애당초
생에 대한 면죄부라는 명사는 내겐 없을 테지만
확장된 동공으로 내 꿈의 돌기들을 지그시 내려다보며
나를 지탱해 주던 겹눈

당신의 눈동자였다

기억날까 두려운 절망의 맹지를 거닐 때처럼
오류의 증거물에 가까운 꿈의 돌기들
대체로 생에 대한 통찰의 부재나 불임들이었지만

당신의 눈동자는 언제나 새로 돋는 잎으로
내게 밀봉되는 낙엽 한 장

삶으로부터 부여받은 고통의 질량보다 더 무거운
내 슬픔의 연원이기도 했다

그럼에도 먼 훗날
녹이 낄 내 청춘마저 투신케 하고
내 꿈의 어린 뿌리조차 파종을 일구게 한 것은

내 후각에 특화된 암술의 씨방
이 지상 그 누구도 복제할 수 없었던

당신의 냄새였다

생의 노역으로 고달팠던 내 육신을 위하여
슬프고 아름다운 흔적에 대한
흔적으로만 남은 존재에 대한
세월의 중력마저 견제해 주던 애무였다

당신과 나와의 단층 사이에 스며든 수많은 저림
당신과 나만의 수화 통신으로 기록해온 낮과 밤

정작 우리는 잊어버릴 수 있어도
지나온 날들이 기억해 주는 그 지극한 모든 것들이
어느 날

이 지상에는 없는
밀레의 만종이 울리고 간 종소리의 긴 여운처럼
깊은 계곡을 울리고 간 이름 모를 산새의 먼 울음처럼

세월 강변 끝자락 어디쯤
생의 흰 바닥을 누르고 당신 영혼 서성일 때

그대 이름 언저리 노을이 물들면

내게 처음이자 마지막인 당신의 냄새로
우리 시절 아무 때고 눈물겹게 아름다웠노라며

가슴속 빈 담벼락
굵은 문장으로 깊이 새겨둘 것이다

역사

당신과 나
우리의 담론으로 꽃 피우기까지
수없이 밑동이 잘려 나가도
동서고금의 흥망성쇠를 꼿꼿하게 지켜본
모수(母數) 한 그루

품바

슬픔일랑 생의 뻘밭에 잠시 묻어두고
거두는 옷과 음식, 도에 그르치지 않으니
비(非) 웃음과 비(悲) 웃음이 따로 없었노라

지닌 몸뚱이 가운데 입이 보살이라
신명이 날 때면 어디 무당만 작두를 타랴

혼이 씌었을 땐 바람마저 잦아들고
실없는 농(弄) 뒤에 스며드는 진한 페이소스

어쩌다 한 번씩 느껴도
인생사 그 뜻
그저 넉넉하게 헤아렸노라

바람 타고 먼지처럼 떠돌던 산과 장터
그 먼지만큼이나 쌓였던 숱한 사연과 인연들
웃고 있어도 눈물만 반짝거릴 낡은 사진뿐

아, 실컷 웃고 부서지고
으깨지는 생이여

인생사 무연임을 내 밥줄 연대기
낙엽보다 일찍 깨우쳤노라

와전되는 것과 와전되지 않는 것

아주 지는 꽃을 보면
죽음에 관한 단어 한 번 쓴 적 없어도 슬프다

한때 붉고 푸른 관능의 힘으로
야무진 씨앗 맑은 거품 밀어 올렸을 꽃대
저마다 겉껍질 덧입으며
슬픔의 속 껍질 안고 살아가는 생애처럼
언젠가 화사한 미소가 사라지는 날
차례로 봄, 여름, 가을, 겨울이 찾아오듯
지는 꽃으로 모든 것이 와전된다
사물의 말꼬리가 흐려지는 일몰이 지나고
허공의 눈꺼풀이 서서히 덮일 때
재빠르게 극야의 지붕을 쓴 하늘 밑으로
호야 꽃처럼 꾸역꾸역 피어나는 별들
사람들이 쏘아 올린 숱한 그리움으로
상처 터진 하늘 그 자리에 맞닿아
와전 없이 그리움만 쏟아진다

아주 저무는 별을 보면
그리움이란 문장 한 줄 본 적 없어도 그립다

어렴풋이 알았다

심한 눈발이 세상에 깊게 듦이 염려되는 날

퇴행성이 어느 별자리인가
갑상선이 뉘 집 나룻배인가

이 문장으로
어안이 벙벙했다는 시인 천양희의 글을 읽고
아하, 어쩜
나도 저리 똑같이 벙벙했을까 싶었던 것처럼

꼬리로 묵화를 그리는 새들의 도화지가
하늘이라는 것을 알았고
하늘이 곧 모든 시선의 벽화라는 사실도 알았다

슬픔과 고통으로 일그러지는 여자의 얼굴과
섹스 중에 일그러지는 여자의 얼굴이 동일한 듯해도
그 진실의 방점이 분명히 다르다는 것을
지천명을 넘기고서야 비로소 알았다

세상에서 가장 어려운 문법은 히브리어가 아니라
복잡한 정치 문법이라는 것을 알았을 때
그 문법의 마지막 해법은 정치 뒤에 숨은 검은 그림자
권력의 악마가 죽어야 한다는 것

변명은 구차하고 사실은 명확하지만 당장
사실을 알면 바로 쪼개질 쾌락의 불륜 깊이 숨긴 채
애정 없이 간판만 걸어놓고
마지못해 살아가는 부부처럼

날아가는 화살은 멈추어 있다는
철학적 논리 따위 애써 들먹이지 않아도 될
역설 혹은 모순의 부조화들

오늘도 태양은 말한다

이 눈부심 속에 반짝이는 별 하나 놓아두면
강렬한 햇빛에 별의 글썽임조차 가려질 수밖에 없는
우주의 패러독스가 보인다는 것을

그리하여 세상을 지배하는 한 축엔
분명히 어떤 패러독스가 점령하고 있다는 사실을

멈춘 길 회색빛 하늘

최후의 감정선(船)이 최초의 감정을 싣고
오늘도 직립보행을 한다

우리는 잘 알고 있다

이별은 사막을 걷다 밟는 지뢰라는 것을
발을 떼는 순간 사랑이 유배될 것이 두려워
모든 촉각이 고양이를 닮아간다는 것을

기근과 전쟁에 시달려도
모든 사랑은 언제나 아름다운 정원이었고
이별은 언제나 불친절한 식당이었다

스카치테이프를 바닥에 붙였다 떼면
보이지 않는 현실이 묻어나듯
맑은 물에도 물때가 낀다는 사실을 알고 난 뒤

불법처럼 호출되는 이별이 싫어서

두 눈으로 보고 싶지 않은 임계의 눈금자를
매번 한쪽 눈을 감고 본다

새벽 물빛 창가에 앉아 그대에게 쓰던 편지
그 새벽 머지않아 아주 먼 먼 이야기처럼
달빛이 모두 거두어갈지 모른다

우리는 잘 알고 있다

가을 발치께 서리가 두껍게 쌓이면
서리 때문에 겨울이 먼저 시리다는 것을

여기 이쯤 우리의 길 멈춘 곳까지
한때 흐드러지게 피었다 (   )으로 날리는 추억

떠나간다
사진 속 그리움 한 장 남기고

그 그리움 한 잎
구덩이 판 가슴속에 꾹꾹 눌러 담아
이젠 기다림도 없겠다

연기론(演技論)

과거와 미래의 혼령이
시공간을 초월하여 현재로 빙의하는
생체 언어

은하수를 아시나요

저기 멀디먼 환각의 허공에서
너무 오래 살아 숨쉬기 벅찬 강이 흐른다

수만 번쯤 배신한 전생 가슴에 안고
스스로 빛나도 빛남이 무엇인지 모른 채
아직도 사금 꽃 흐드러지게 피우는

우주 모래톱

한 번씩 보름달 환히 뜰라치면
까만 수면 속으로 자맥질하는 빛 점들
머지않은 새벽까지 제 살 허물고

떠도는 전설에 의하면
까닭 모를 그리움과 옛 생각이 주제란다
상상의 범선을 탄 허구가 부제란다

그리하여 태고 이래

인간과 눈을 가장 많이 마주친 저 빛들이
서로 몸 닿으면 묵은 슬픔 쏟아질까 봐
사시사철 먼 손 흔들며 글썽이는 것이란다

비

조화옹이 빚은 처음의 눈빛으로
태초부터 허공에 흔적 한 점 남기지 못한 채
아직도 맹목처럼 지상에 떨어져
아낌없이 흐느끼다 뼈아프게 마르는

삶

즉 생(卽生)의 힘살로
한 거주지와 손잡는 순간 이별을 만나
그 누구의 것도 아니면서
동시에 모두의 것이어서 희망과 절망인

물꽃

더러는 언어의 최종 필터에 걸러진 감성으로
때로는 악명 높은 전설로 남아
시종이 여일하게 이별가를 부르는 너는
각각 무수한 사연을 안고 펼쳐지는

평행우주

로맨틱

가슴속 만월이 한 번 솟아오르자
동정은 원죄라는 듯
꽃 한 송이 고개 들었네

이 꽃 속내 알기 어려워
핑크빛 묵계(默契)라고 하지

겨울은 잠들지 못 하리

한 시절 모아둔 무서리 아낌없이 탕진하고
눈 뜬 겨울

갑자기 흐려진 어느 여름날 납빛처럼
복기할 수없이 쪼개진 문자로
먼 길 떠난 가을 지워지라고 눈 덮이리

융성을 거듭하고도 흔적 없이 사라진
그 많은 등성이와 들녘의 입술들
더는 옹애, 소리 들리지 않고

이윽고 동장군이라 부를 이름 위하여
곧 몰약이 투여될 사나운 바람
자라고 피어난 것들의 기억마저 얼리리

골짜기에 굴러떨어져
뱉어내는 숨결마다 하얗게 피가 맺힐
가을 기억의 스피릿

행여나 꽝꽝 언 그 기억 깨어날까 두려워
제 몸에 붙어 우는 바람 소리에조차 놀라
불면의 날들로 온밤 지새우리

안개

지상의 그 어떠한 대화도
언제나 은밀히 엿들을 수 있다는 태도

거친 흑백 필름 휘장이
아르페지오 템포로 모든 사물을 가리고

어쩌지 못해 누구나 감추고 싶은 일
한두 가지쯤은 있노라며
진심 두려워야 할 것은
규칙적인 햇살의 윤리라고 속삭인다

누군가에게 무심코 돌을 던진 사람이
언젠가는 다가올 외풍을 걱정하듯
너는 산과 들로 흩어져도
바람 소리에 돌아올 눈물이 보일 텐데

사는 것이 다 그렇노라 말하기엔
너는 이미 목젖까지 차오른

슬픈 네거티브

차라리 떠도는 별들에게
지구 곳곳을 둘러싼 흰 차양임을 알리고
오늘 하루쯤 너와 우리를 처음 만든
게으른 신을 잊기로 하자

그러므로 아직은 울지 않겠네

내 생 아직
붉은 자개 상처럼 영화롭게 빛나는 노을이리니

담묵(淡墨) 같이 저무는 밤 아직 오지 않았네

내 몫으로 할당된 숨결이 수증기로 날아가
언젠가는 누군가의 푸른 토마토 수육이 되겠지만
항상 내 앞길을 환히 비춰 줄 것 같았던 생의 등불
시간의 중력으로 조금씩 암흑의 미궁으로 데려가도
눈물 나게 빛의 잔영을 남기듯

어느 한 가지든
목놓아 부를 이유 모두 사라질 때쯤이라야
비로소 저물 일

그리하여 아직은 눕지 않겠네

생애의 풀숲 위로 이슬처럼 맺혔던 눈물방울들
한 방울씩 내 삶의 옷가지를 말려가며
꿈의 바벨탑 높이 쌓고 시간의 구슬 숱하게 꿰었지만
잎사귀 갈변했다고 일부러 나무에서 떨어지랴

바람이 흔들게 내버려 둘 일이네

산다는 것이 때로는 미약에 취한 것처럼
미상의 절망 주사에 곧잘 비틀거리고 휘청거려도
시간은 용케 생의 내장을 야금야금 소독하네

154

하여 생의 탯줄이 시간의 구멍 속에 뿌리내린
꿈의 평행우주는 줄곧 팽창하고 있음으로

아직은 쓰러지지 않겠네

아직 포장이 안 된 내 여생의 들길에
날마다 처음이자 마지막처럼 다가와
여전히 나를 흔드는 것들

아무렇게나 불어도 바람이고
아무렇게나 피어도 꽃이겠지만
나는 주조와 주형이 필요한 금속이 아니므로
삶은 아무렇게나 필 수 없다네

때론 삶에 버금가던 소중함들이 쇠락의 투구를 쓰고
더는 내 열망이 아닌 것들로 변절을 꾀해도
각질 같은 내 언어, 핏빛 고뇌로 새길
깨끗한 땅 한 평 찾아 떠나야 하므로

나는 아직 죽어도 못 죽네

이제 다 소모한 이생의 환승 표 가슴에 묻고
더는 신파적일 수 없는 내 절망의 꽃밭에서
아직 발아하지 않은 문법 하나쯤 혹여
내 사후에라도 비문처럼 남겨질 수 있지 않으랴

신은 언제나 묵언과 묵시로
감당할 만큼의 책망과 감동받을 만한 사랑을 주므로
내 육신의 눈물이 다 마르지 않는 한

아직은 울지 않겠네

초승달

초저녁
태허(太虛)의 벽공(碧空)에 덧댄
은백색 깃털 하나

둥글게 지는 노을처럼

내가 발이 빠지지 않는 허공을 찾겠다며
아프기 싫어 버리는 사랑 아파하면서
아플수록 그리워하다 마음 다치면서
봄 술집부터 그해 겨울 술집까지 다시 돌아와
눈물 그득한 세상 지그시 바라보고
한꺼번에 꽃불로 방화를 지르는 봄이 되거나
한꺼번에 낙태를 감행하는 가을이 되거나
나도 내가 조금 이해 못 할 영혼을 지녔어도
지나간 것에 대한 막연한 아쉬움 따위
오지 않은 것에 대한 막연한 호기심 따위에
내 삶 저당 잡힌 일 없다
잠시라도 나를 머물게 하는 내 안식의 처마는
그저 정체를 알 수 없는 그리움 하나뿐
차마 어쩌지 못하고 세상 뒷길로 가버리는
그 흔하디흔한 잎사귀의 생멸처럼
늘 둥글게 지는 노을의 단단한 영혼이
하늘에 닿았던 집요한 기억력으로 내게 종종
하늘의 무거운 상처를 일러주지만
나는 단지 내 생의 부음을 알리고자
이 세상에 잠시 머물다 가려고 온 것 아니다

겨울 동사섭 뜨락

명왕성으로 까만 밤을 쓱쓱 지워나간다

새벽이 한창 몸 부풀리는 사이
엷어진 시간 틈으로 먼 세계가 보일 때
먼동의 손가락으로 새벽을 스크롤 해 아침을 연다

숲을 뾰족하게 깎아 만든 연필로
돈담 무심(頓淡無心) 팻말 세워두고
봄 몇 삽을 떠 여기저기 여름을 심는다

나로부터 발생한 것들이 나를 안다는 듯이
카르파티아산맥의 늑대처럼
제힘에 겨워 부러질 듯 돋아나는 푸른 근육들

유일한 저항을 비밀리에 행하듯
들메끈 단단히 동여맨 엽신을 신는다

몸 뜨거운 중년의 여름이 햇살에 젖는 동안
지상에 지불한 보증금이 적어
세 든 기간이 짧은 가을이 곧 환치기 당한다

꽃 핀 자리 짧아 서럽고
꽃 진 자리 길어 서러울

겨울 동사섭 뜨락

훗날 못갖춘마디 노래로 남고 싶지 않아
씨앗의 겹눈과 발톱을 다듬고
슬픈 자국으로 남은 존재들을 위해

한 단어로 시작했던
봄 땅의 문자들을 저장해 둔다

한겨울 사자 평(平)

질기디질긴 추위에 몸 서러워
미처 다 추스르지 못한 나목의 옹색한 잔뼈들이
듬성듬성 제 옷을 꿰맨

땅거죽 한 벌

사라져 가는 생의 도형들

얼굴엔 알 수 없는 말들과
수신호로 가득한데

생을 끌어들이던 운명의 길목마다
검역소를 통과하듯 종종
이제 서시오, 라는 붉은 깃발이 펄럭이고

닳아서 뭉툭해진 요철처럼
중력을 잃은 나이로 눈시울 뜨겁게 반짝이는
생의 허구들

다시는 가담해선 안 될 절망처럼
품었던 생애의 모든 도형들이
배역 없는 배후로 사라져 가는 지금

하늘 앞에서 나는
제 무게도 견디지 못하고 추락하는
물방울 한 점

땅 위에서 나는
그 어떠한 추락도 감당해낼 수 없는
구름 한 조각

지금 내게 아픈 사람이여

어디로든 자유롭게 날아가 몸 풀던 옛 추억
여기서 참 멀고 아프다

이제 더는 머물 것 같지 않은 기억들이
깊은 우물 속에서 맴도는 메아리처럼
어디로든 향하지 못하는 지금

봄꽃으로 피던 우리 나날들 저편 이후
그대 힘들고 지쳤던 시간이 눈에 어리면
내 안에 내리는 이여

아름다운 추억이란
물푸레나무 사이사이 길을 내는 바람 같은 것
나쁜 기억의 들러리 같은 것

아, 사람아

어째서 그대 홀로 세상에 남겨진 듯
꿈도 아니고 열망도 아닌 야윈 눈빛으로
검은 눈청 빗금 단 날들을 보는가

모래 알갱이 제아무리 많아도
바위의 굳은살을 볼 수는 없는 법

지금 내게 아픈 사람이여

누군가를 끝까지 사랑한다는 것은
그 사람 다니지 않는 길에서라도 그 한 사람
철쭉 같은 붉은 마음으로 기다리는 일

무엇인가를 끝까지 기다린다는 것은
그 무엇이 다니지 않는 길에서라도 그 무엇
죽어서라도 피어나게 하는 일

※ 펜데믹을 거치며

수분 스스로 묶이다

내가 이 행성에 온 이유는 간단하다

영원한 과거에서 영원한 미래가 계속되는
수 억겁의 허공을 혼백처럼 떠돌아도
어디든 내 흔적 한 뼘 새길 수 없었지만
이 행성에 온 후로도 암흑의 시간은 이어지고
번성을 거듭하는 것은 오히려, 나였다

캄캄한 터널 속에서 내 몸을 스치고 지나간 것들이
차츰 눈을 뜨고 깨어나기 시작할 무렵
무엇인가 뭍에서 움트고
소금 웅덩이에서 뭍으로 기어오르는 현상을 보고
어쩐지 나는 그들을 사랑할 수 있을 것 같았다

이름도 없이 즐비하게 피고 지는 피조물들
나 역시 누구로부터의 피조물일 테지만
나로 인해 차츰 하나의 유기체가 되는 과정을 보며
차마 어쩌지 못하고 눌러앉아 있음은

이젠 생명의 젖줄로 너무 깊이 새겨진
내 존재의 부재가 불러올
이 행성의 공포나 멸망을 지연시키기 위함이다

스스로 나는 묶였다

164

메주가 전하는 말

그래, 내가 발효의 음습한 동굴을 지나
갈 빛 눌눌한 얼굴로 나타났을 때
사람들은 하나같이 숙성된 삶이라고 말했다

그때 나는 알았다

그 어떠한 형질을 지닌 생이든
숙성이 안 된 삶은 쓰고 떫어
결코 참꽃 피는 생 갖기 쉽지 않다는 것을

알고 있는 것에 대한 여지

나무가 토해낸 수만 푸른 생
가지에 앉은 새 떼 같다고 말해도 무방할 나뭇잎들
그 위로 하루가 낮 문 닫고 다시 빗장 풀면

달빛 내리는 길 바깥부터
비밀스러운 꽃 속 웅덩이까지

밤은 언제나
빈티지 차림으로 온다

별이 은하수로 이동할 길마저 잃어버릴 듯한 시간

애써 지웠던 사랑이 다시 씨를 뿌리듯
이미 어둠으로 축축해진 숲속 여기저기
빛의 자양분을 간직하고 있던 기척이 들리면

달빛이, 어둠이, 나뭇잎이
소란스러운 까닭은

뒤집히고 뒤틀린 숲의 부화를 돕는 바람이
진통으로 수런대는 나무의 푸른 산고가 사실은
생의 첫 질곡임을 서둘러 일러주기 때문이다

불빛이 많다는 것은 곧 저물어 있다는 뜻

대웅전 꽃살문 하르르 떨듯
달빛조차 치대는 바람에게 내장을 씻고 저문 숲은
오직 달빛에 의존한 채

나무속 자궁에서
제왕절개로 태어난 어린 꽃들로부터
숲속 정령들에게 성단을 차린
줄기 늙은 꽃들조차 나무를 살리기 위해
아낌없이 제 속 비워내는 과정을

진즉 알고 있는 것에 대한 여지로

오직 생존만을 위해
쾌락의 유물론을 빼앗긴 나무가 밤새 뒤척이며
온몸으로 우는 것이다

사랑이 저무는 지평까지 이별이 자라나

그래, 너희는 원래 한통속이었어
지상의 모든 생이 어떤 상황에 놓여있든
흔들림 없이 물드는 노을처럼
늘 음영을 동반하는 달빛처럼
손목이 잘려 나가도 칼자루를 쥔 손처럼
사랑해 사랑해, 이별은 없어
속절없이 귀와 눈을 멀게 하는
2.0 버전의 속삭임으로
쾌락이, 탕진이, 결핍으로부터의 자유가
사랑이라는 이데아를 만끽할 즈음
만남과 헤어짐의 역광이 화음으로 빛나고
추억은 기억의 포자들을 대물림하지
이생에서는 도저히 올 것 같지 않던 이별이
수다스러운 유위의 책장을 덮고
어느 날부터 차츰 무위의 질량 밖으로 사라질 때
어렴풋이 이별의 전조를 느낄 수 있지
그러다 젖은 눈 끝에
바야흐로 사랑이 저무는 지평까지 이별이 자라나
가벼운 상처 하나 덮을 수 없는 시간이
단층도 없이 흘러 흘러 고일 때쯤
비로소 어느 한 사랑이 다른 어느 한 사랑과
서로 옛날이 된다는 것을 감지하게 되지
숫자와 무늬가 등을 맞대고
본래 한통속이던 동전을 보는 것처럼

봄 강

겨울 동안 얼마나 많은 것들이
제 삶의 의미도 모르고
소멸에 관한 이야기를 나누다 소멸되었을까

죽기로 일 저지르고 후회 없는 바람처럼
고개를 들면 무한 직립으로 펼쳐지는 햇살 오라기
기억을 되찾은 빛의 호쾌한 예언에
겨울이 설정했던 모든 좌표와 선이 사라졌다

현기증을 일으킬 만큼 빠져나갔던
땅의 체지방이 조금씩 쌓일 때마다
결빙을 머리에 두르고 새 왕국을 꿈꾸던 강물

단단하게 뭉쳤던 땅의 어혈이 풀리고
떨어진 연둣빛 잎사귀 물살과 눈 비비니
완연한 봄 결이다

어떻게 보든 결코 신파적이라고 할 수 없을
수초의 이마를 짚고 물비늘 반짝이는

봄 강

풀어헤친 생존의 배냇저고리
땅에서 일궈낸 진실 하나 독하게 품었다

시마혼(詩魔魂)

새벽은 내게 오랫동안 신화의 무대였다 무대는 애초 선악을 구분하지 않았으므로 선악이 공존할 수 없었다 불분명한 어둠과 밝음 뒤로 기호의 영매들이 오만가지 색등 하나씩 문패처럼 들고 뜨겁게 달궈진 내 머리를 차례로 흔들었다 흔들림 없이, 나는 공손하게 흔들렸다 생애를 관통하면서도 그 흔들림은 여전했다 흔들리는 것만큼 쌓이는 것은 사유의 숲에 깃든 정령들과의 메신저였다 처음에는 신선한 파문을 몰고 왔지만, 골리앗을 이겼으므로 다윗이 기억되듯이 어느 글이든 곧잘 통속으로 굳어진다는 것이 괴로웠다

가을꽃 지고 세상 빛을 본 내 책이 팔리는 것을 보면서 이런 통속 모음집을 기억할 사람은 아무도 없을 것이라고 생각했다 그때 정령들이 머리채를 쥐고 내게 요구했던 것은 글의 완전 변종이거나 지상에 존재하지 않는 비문 따위였다 통속이 싫어 탐탐 모반과 혁명을 꿈꾸던 나는 점차 영매들과 가까워질수록 두통과 오한, 인두로 등을 지지는 듯한 고통이 뒤따랐다 과거와 미래의 혼령들이 빙의하는 무대에서 마조히즘에 가까운 내 자학의 이마에 기호의 핏빛 넋들을 씌우는 것이었다

이카로스의 날개를 달고 건방을 떨던 내 사유의 꽃들, 혼령들은 끊임없이 환골탈태를 요구했다 예컨대 외계인의 기호로 쓴 비문을 지구인이 읽을 수 있는 따위였다 그것은 징벌적 차원의 채찍이 아니라 응원의 메시지였으며 또 다른 차원의 영적 시문을 열어주기 위한 주술이었다 돌이킬 수 없이 간세포가 죽는 것도 모르고 새벽에 부는 바람의 잔기침과 무수히 만났다 아프고 아팠다 특히 내 사유의 정원에서 그 흔하디흔한 꽃 한 송이 함부로 피우기 어려워졌음이 더욱더 아팠다 그러나 새벽이면 의례 역린을 부추기는 기호의 영매들이 창궐하였다

170

어느 늙은 시인의 노래

생의 착란이 꽃비처럼 내린 세월을
세필로 엮어가던 허황된 내 꿈이야
진작에 과로하고 있지만

축축한 슬픔의 쉰 목소리 잠시 뉘고
졸지 않는 눈으로 나는
극야와 백야를 노래하겠네

어느 날 갑자기 해와 달이 떨어져
일찍 수레를 끌고 온 암흑이
피어나고 자라나는 것들을 감추면

오래전부터 잠자고 있던 신을 향해
돌칼 같은 투박한 언어로 간절히
흔들어 깨우겠네

수위가 낮아진 내 여생의 강물에서
노 젓는 힘 부치면 범선이라도 띄워
바람에게 의지하리

그것마저 여의치 않으면
분골 된 내 육신, 강과 산에 흩뿌려
그들과 한 몸이 되겠네

제목 : 어느 늙은 시인의 노래
시낭송 : 박태임
스마트폰으로 QR 코드를 스캔하면
시낭송을 감상할 수 있습니다

패랭이꽃 향기 아란녀

보푸라기 일듯 땅바닥에 물꽃이 피고
산중 소나기 소리 아득하게 메아리치는 날

빗물인지 눈물인지 모를 얼굴로
우산도 없이 돌계단을 내려오는 여자를 보았습니다

느린 영상처럼 서로 스치는 순간
여자의 몸에서 패랭이꽃 향기 진동하고
알 수 없는 그러나 알 것만 같기도 한 온몸의 저림이
그늘진 음영으로 쓸쓸하게 어른거렸습니다

돌계단 끝에서 잠시 뒤돌아본
여자의 먼 시선 속에 산새의 꾸벅거림이 보이고
땅을 울리는 빗줄기 사이로
다시 한번 패랭이꽃 향기 휘청거릴 때

문득 떠오른 선객의 우열이 드러나는 승방

요사채 살강에 놓여있던 편지 한 묶음
몰래 훔쳐본 기억이 떠올랐습니다

녹물처럼 번진 눈물자국 선명한 편지 한 통에서
새벽녘 피를 토하듯 머리를 들썩이며
애타게 짝을 찾는 꿩의 울음소리가 들렸습니다

인연의 꽃잎이 너무나 무성하게 피어
더는 어쩌지 못하는 생의 피안을 위해
스님은 이 깊은 산중에 들어왔던 것일까

사랑이란 어떤 형태를 띠었든
그 밑바닥엔 모진 형질이 있다는 것을 알았습니다

퍼붓는 소나기로 사물의 앞뒤가 흐려지는 것처럼
여자의 좁은 어깨가 계단 밑으로 조금씩 사라질 때

그녀의 살 내음 같은 패랭이꽃향기와
알 것만 같은 별리의 그 가슴 떨림이
눈앞의 풍경과 함께 차츰 삭제되는 느낌이었습니다

사후(死後)

직진을 멈추고 몸이 휜 바늘처럼
생의 우듬지 끝에서 보는 마지막 시선

댓돌 위 신발 합장하듯
흐트러졌던 숨결 한곳으로 모아
다시 전생의 원시림 속으로 들어가는

플라스마

분별없이 다가왔던 푸른 힘살들

부둣가 선술집에서 흘러나오는 니나노 가락 장단에 나는 알 듯 모를 듯한 눈시울의 음표를 느꼈다 바람의 생멸보다 흔하게 마주쳤던 생의 반환점들이 부표처럼 떠올랐다 오로지 나만을 위해 처음 피어난 꽃처럼 분별없이 다가왔던 푸른 힘 살들, 절망의 시력이 약했던 탓일까 너무 많이 먹어둔 것이 역류하듯 손 등 위에 눈물 자국 남기고 간 것들이 검버섯처럼 피어났다 프롤로그만 잔뜩 쌓여있는 내 비망록이 자괴와 자성의 모호한 틈새에 끼어 때로는 심하게 실랑이를 벌이곤 했다 잠자리에서도 겉옷을 벗지 않는 유대교의 율법학자처럼 삶에 대한 오류를 유예하고자 벌이는 나만의 항소심이었지만, 그 어느 쪽이든 단 한 번의 면죄부도 획득하지는 못했다

그대 이름 언저리
노을이 물들 때

김상훈 제2시집

2022년 6월 8일 초판 1쇄
2022년 6월 10일 발행
지 은 이 : 김상훈
펴 낸 이 : 김락호
디자인 편집 : 이은희
기 획 : 시사랑음악사랑
연 락 처 : 1899-1341
홈페이지 주소 : www.poemmusic.net
E-Mail : poemarts@hanmail.net

정가 : 12,000원
ISBN : 979-11-6284-372-7